D0511220

Jacques Tournier

La maison
déserte

Gallimard

Jacques Tournier a longtemps travaillé à RTL et à l'ORTF. Depuis 1967, il se consacre entièrement à l'écriture. Il a également traduit plusieurs romans de Tennessee Williams, Carson McCullers, Francis Scott Fitzgerald et Jean Rhys.

Pour Ludmila et lui

*He was my North, my South, my East
and West,
My working week and my Sunday rest,
My noon, my midnight, my talk, my
song,
I thought that love would last forever :
I was wrong.*

Wystan AUDEN

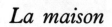

La maison

1

Le patron de l'hôtel où elle est descendue lui a signalé un appartement à louer dans un quartier voisin du port. Elle s'y rend dans l'après-midi. Elle pense à certains soirs de leur voyage en Grèce, où ils désespéraient de trouver une chambre, roulaient interminablement, et lorsqu'elle disait : «N'importe où», Steve lui abandonnait le volant. Elle commence par se perdre, confond deux noms de rues, mais un cycliste qui parle un peu français lui indique le bon chemin. Elle entre dans un quartier rouge, entièrement en briques : le pavement des rues, les trottoirs, les maisons, toutes bâties sur le même modèle : deux étages et derrière, un jardin. Elle reconnaît l'appartement au panneau collé sur la porte : *Te Huur*, s'approche de la baie vitrée, aperçoit une pièce étroite, en longueur, fermée par une véranda. Au-delà, du vert et des arbres. Elle traverse la rue, s'assied sur le trottoir d'en face, pour être à hauteur des yeux d'un enfant et s'imaginer qu'elle a vécu là, qu'elle rejoint des lieux familiers. Le toit est orné d'un fronton en forme de coiffe, avec deux retombées de zinc et un trou au milieu, comme un visage à inventer. Elle essaie d'y inscrire celui de sa mère, mais la lumière est immobile et le trou reste vide. Elle sent alors un souffle sur sa jambe et se redresse brusquement. C'est un chien, que son odeur doit rassurer, car après lui avoir flairé les chevilles il lui lèche le dos de la main — une façon de lui dire : «Tu peux me lécher, toi aussi. On se fait du bien, voilà tout.» Elle se relève et note l'adresse de l'agence.

Ce n'est pas un appartement qui est à louer, mais la maison entière, et elle y renonce déjà, lorsque l'agent précise le montant du loyer. Elle calcule alors qu'il est dans ses prix et demande à visiter le jour même.

L'agent, un jeune homme au teint rose qui parle couramment l'anglais, s'embrouille soudain dans des histoires de clefs, qu'il n'a plus, que le propriétaire aurait redemandées pour en faire des doubles, qu'il espère reprendre le lendemain, mais avec une telle maladresse qu'elle se méfie aussitôt. «Loyer trop bas, maison pourrie. Autant le savoir tout de suite.» Elle insiste. Elle dit qu'elle est bousculée par le temps, son appartement de Paris déjà mis en vente, les déménageurs retenus, et elle sent la caresse du chien sur sa main, qui lui permet de convaincre l'agent. Il finit par avouer, plus rose que jamais :

— C'est dans un tel désordre... J'aurais voulu faire nettoyer.

En fait de désordre, c'est un lendemain de tornade. Ils repoussent du pied des vitres cassées, des journaux, des chiffons, des pneus de bicyclette. Elle pense à un départ précipité, quelqu'un qui aurait pris la fuite en claquant simplement la porte. Lorsqu'ils entrent dans la cuisine et qu'elle voit la chaudière démontée, elle a un rire de stupeur. L'agent cherche à se justifier :

— Nos précédents locataires, des Chinois...

Elle l'interrompt. Peu importe qui la précède. Car elle sait déjà qu'elle va louer. C'est le : «N'importe où» de la Grèce. Pourquoi vouloir chercher plus loin? Elle demande que tout soit vidé, nettoyé, et qu'on remonte la chaudière.

— Et les autres travaux?

— Quels autres travaux?

L'agent explique que le propriétaire est prêt à refaire les peintures, à changer la moquette, si elle prend une partie des frais à sa charge.

— Plus tard, peut-être. On en reparlera.

Elle le trouve trop calme. Elle aimerait qu'il sorte déjà un bail de sa poche, qu'ils signent sur un coin de porte, que tout soit accompli.

— À quelle heure, demain, à l'agence?

Il propose dix heures, avec les papiers nécessaires : double des dernières déclarations d'impôts...

Elle est au courant, récite avec lui :

— ... relevé d'identité bancaire, deux mois de loyer en caution, si possible un donneur d'aval. Je vous rassure tout de suite. J'ai une pension de veuve de guerre qui couvre le loyer, et quelques revenus annexes sur des travaux de traduction. Pour l'aval, je suis sûre que mon frère Alain, à Colmar...

Elle s'interrompt. Quelque chose l'intrigue au fond du jardin : une sorte de cube grisâtre, dissimulé par des feuillages. Elle descend le petit perron de la véranda. Une vigne s'est développée entre deux des arbres de la clôture, et ses rameaux entrelacés forment un rideau si épais que, malgré leur souplesse, il bouge à peine dans le vent. Elle s'enfonce dans une jungle de chardons qui lui arrivent à la taille, soulève le rideau à deux mains, se glisse dessous. Le cube grisâtre est une cabane de jardinier — quelques planches, une porte, un toit de plastique ondulé. Le loquet de la porte est rouillé. Elle parvient pourtant à l'ouvrir. Une odeur longtemps retenue cherche à se dégager, mais retombe par manque d'air. C'est une odeur de lit défait, de paille humide, quelqu'un qui dormirait là, sous des sacs. Lorsqu'elle referme le loquet, un pigeon s'abat sur le toit dans un claquement de ciseaux.

3

Paris n'est qu'une parenthèse. Ses amarres sont déjà rompues. Elle se méfie pourtant de l'appartement, quai de la Tournelle, préfère traverser la Seine et chercher un hôtel près de l'Opéra où elle sera dépaysée. Elle dort par prudence avec un somnifère, et le petit jour la rassure en venant se glisser contre elle. Elle dresse la liste de ses priorités : le notaire, les impôts, le banquier, le commissaire-priseur, mais en tête elle inscrit : le feu. Elle y consacre sa première journée. Enfermée dans l'appartement, elle brûle tout ce qui vient de Steve, les lettres, les photographies, certains livres dans les marges desquels il prenait des notes, un dessin de lui, des objets, des étoffes, et la fumée prend une odeur douceâtre qu'elle respire avec difficulté. Par un mouvement qu'elle ne s'explique pas, elle brûle à la suite ce qu'elle avait gardé de Pierre, son mari : une carte d'identité, un chéquier, son livret militaire, son dernier électrocardiogramme, et lorsqu'elle les sort de l'enveloppe elle ne sent plus rien sous ses doigts — pas même une trace de blessure refermée.

Elle jette les cendres, range dans deux valises les quelques vêtements qu'elle garde pour elle, s'attarde un instant à regarder la Seine avant de fermer les volets, puis va chercher son frère à la gare de l'Est. Ils dînent dans un restaurant voisin.

— Tout ce que tu veux, tu le prends, dit-elle sans attendre. Tu fais vendre le reste. À n'importe quel prix. S'il le faut, tu brades. Ce dont le commissaire-priseur ne voudra pas, tu le donnes, ou tu convoques une entreprise de débarras.

Il écoute, sans rien dire, en agitant le trousseau de clefs qu'elle vient de lui remettre. Ils ne se sont pas vus depuis des mois. Elle le trouve plus jeune, plus ouvert, avec les yeux qu'avait leur mère, et c'est elle qui la regarde lorsqu'il demande :

— Es-tu sûre de ce que tu fais ?

— Sûre, non. Mais je le fais. C'est malgré moi, une pente qui s'offre et je glisse.

Elle voudrait ne rien dire de plus. Il ne sait rien de Steve. Il ne sait rien de ce qu'elle a vécu ces cinq dernières années, et si leur tendresse est intacte, la règle d'or de leur famille est de ne jamais poser de questions. Il en pose une autre, pourtant :

21

— Que trouves-tu, là-bas?

Là encore, elle ne veut pas répondre. Elle cherche un mot.

— Un jardin.

Les trois jours suivants se passent en démarches. Elle signe des papiers, conclut des accords. Son frère l'accompagne lorsqu'il faut qu'elle donne procuration. Sur le quai, avant de reprendre son train, il la regarde avec une brusque émotion.

— Tu es blanche, dit-il.

Elle lui touche la main.

— Tu sais... la chaux vive.

Ce soir-là, elle entre dans un cinéma du Quartier latin pour entendre une dernière fois *Madame de...* murmurer : «Je ne vous aime pas... Je ne vous aime pas...», en refermant sa porte et il lui vient, comme en écho, le grincement de son loquet rouillé. Avant de regagner l'hôtel, elle descend sur le quai de la Tournelle, s'assied sur un banc, regarde les chiens qu'on promène. Elle tourne le dos à son appartement. À travers les volets fermés, son image l'observe. Elle la sent peser sur sa nuque, et d'un geste maladroit remonte ses cheveux. Steve aimait qu'elle les coupe. Chaque mois de juin, avant qu'il n'arrive, c'est avec les ciseaux du coiffeur qu'elle préparait leurs vacances. Un accordéon. Des lumières. Un bateau-mouche passe au loin. Elle s'amuse comme une enfant de la flamme des photophores, des visages derrière les vitres, de tous ces reflets d'aquarium. Un coup de vent plus vif l'oblige à se lever. «Il faut rentrer», disait leur mère en se penchant à la fenêtre, les soirs où ils avaient le droit de jouer dans la rue.

Le lendemain matin elle se fait conduire à la gare. Elle somnole dans le train en attendant l'annonce du wagon-restaurant. Elle partage sa table avec un jeune homme qui tente d'engager la conversation à propos du temps à l'orage, des travaux du futur TGV, du jaune d'or des champs de colza, mais renonce vite. Après le café, elle s'attarde. Elle attend le dernier tunnel. Lorsque les mâchoires se referment, elle sent basculer sa mémoire. Le train s'enfonce entre des piliers de ciment qui évoquent l'envers des cités lacustres. Des lumières s'approchent et s'éloignent, comme des villages perdus. Un quai surgit soudain, dans un éclat de projecteurs, pour s'évanouir aussitôt. Et la nuit retombe, immobile, dans le sifflement des aérateurs et le tintement des cuillers contre les soucoupes, jusqu'au moment où la lumière revient. Et tout est là, comme elle l'attend : les prairies soyeuses et rectangulaires, encerclées de petits canaux comme une armature de vitrail, l'indolence hautaine des cygnes, l'ouverture du premier bras de mer sous un ciel qui n'en finit pas, et les premiers navires qui se dirigent vers l'estuaire, tandis que vole au loin, retenu par ses fils de soie, le pont rouge de Rotterdam.

4

— Kees ? Pourquoi pas ?

Elle lui sourit. Si ce jeune agent lui demande de l'appeler par son prénom, pourquoi pas, en effet ? Il a l'âge d'un fils qu'elle aurait pu avoir et il porte, ce matin-là, des petites lunettes rondes qui accentuent cette illusion.

— J'ai presque tout réglé pendant votre absence. Voici les contrats pour le gaz et l'électricité, l'abonnement pour le téléphone. Vous signez là, là et là... Merci. J'ai surveillé le *clean-service*. Ils ont mis deux jours à tout nettoyer. Je préfère ne pas vous dire combien de sacs-poubelle ils ont emportés. J'ai eu un problème pour l'armoire et le lit, qui sont dans la chambre, au premier étage. Vous n'en aviez rien dit. Ils restent là, en attendant. Si vous souhaitez qu'on les enlève, le propriétaire les reprend. J'ai préparé l'état des lieux. J'espère que vous serez contente.

Elle sourit encore. Contente est un mot

qu'elle ne comprend plus. Soulagée, plutôt. Impatiente. Terrifiée aussi, mais elle s'y attendait.

L'état des lieux est une formalité que Kees allège adroitement. Elle vérifie que la chaudière fonctionne, qu'on a remplacé les carreaux cassés, et découvre que la véranda avait des vitraux de couleur autrefois. Il en reste un fragment sur la gauche, une tête d'oiseau à l'œil rond, surmontée d'une aigrette. «Un paon», se dit-elle. Elle ajoute aussitôt : «*Golden eye*», l'un des livres qu'elle a brûlés. Au premier étage, elle garde le lit et l'armoire inconnus, rassurants. Kees fait jouer pour elle le store vénitien de la salle de bains, précisant qu'il est neuf et posé aux frais du propriétaire. Elle s'attarde au second étage. Elle l'avait à peine parcouru, le premier jour, sachant que c'était pour elle un étage inutile — une suite d'alcôves sans porte, trouées de petites lucarnes comme des hublots de navire, dont certaines ne sont pas étanches. Elle montre à Kees les traces d'humidité. Il enlève ses lunettes pour les observer de plus près, soupire d'un air coupable.

— Ah, les toits ! Il y a toujours des problèmes de toits !

Il hésite.

— Si vous n'étiez pas si pressée...

Elle voudrait lui dire que c'est bien, pour elle, ces petites fissures que la pluie se réserve, qu'elle a aimé cette maison dès le début pour ses promesses d'effritement, de lézardes, et qu'il l'a peut-être trop bien nettoyée. Elle rêve parfois, depuis la mort de Steve, de sentir de petits fragments de poussière en touchant ses cheveux.

— On verra, si ça s'amplifie. Notez-le simplement sur l'état des lieux.

Lorsqu'ils redescendent, il demande quel jour elle attend ses meubles, et se propose de l'aider à emménager.

— C'est déjà fait, dit-elle.

Elle montre ses deux valises.

— Tout est là.

Il n'a pas l'air de comprendre, et ce qui passe derrière ses lunettes est à la fois de la stupeur et une brève lueur d'angoisse qu'il ne peut pas dissimuler.

— Un désert? demande-t-il à mi-voix.

Elle sourit.

— Des terres inventées.

Comme il comprend de moins en moins, elle explique :

— Ça vient de loin, de mon enfance, d'un vieux professeur de géographie. Je ne sais pas si ça existe encore, mais quand j'étais petite, au lycée de Vincennes, on avait de grandes cartes en couleurs, avec deux trous pour les suspendre. Un jour, on étudiait l'Europe du Nord. Notre vieux professeur avait une canne en bambou. Je la revois très nettement suivre le contour des polders, pendant qu'il parlait de lagunes prises sur la mer, protégées par des digues. Il a employé ces mots-là : terres inventées. Et je me suis dit aussitôt : si tu y vas un jour, vas-y sans bagage, les mains dans les poches, parce que le moindre poids en trop risquerait de les faire sombrer.

Elle prend les clefs qu'il lui tend, l'accompagne à la porte.

— Merci pour tout, Kees.

Étrange, ce prénom qu'on soupire.

5

Elle a consacré son après-midi à divers achats nécessaires : literie, vaisselle, produits d'entretien et, pour ne pas vivre à même le sol, une table et un grand fauteuil en osier. Elle est assise sur le perron de la véranda et mesure du regard son jardin, si étroit, quelques enjambées jusqu'à la clôture, que le soir rétrécit encore. Elle écoute la rumeur de la ville, curieusement sonore à cause de la mer peut-être, qui intensifie les échos. Elle voit des lumières dans les maisons voisines qui s'allument l'une après l'autre, des ombres derrière les rideaux. Elle entend une femme qui téléphone — de courtes phrases et des silences, dans une langue qu'elle ne comprend pas. Elle s'aperçoit qu'un merle la dévisage, son bec jaune pointé comme une arme. Elle se penche et lui sourit. C'est une heure sans mystère, des bruits, des voix, des gens chez eux, et elle voudrait dire : «Oui, bien sûr», mais elle a peur de découvrir les quatre coins de son domaine, le vide où elle s'est enfermée.

Un mouvement de feuillage lui fait tourner la tête et le merle s'envole. La nuit vient. Une vague lueur, réfléchie par le ciel, situe l'emplacement du phare.

— Il est temps.

Elle se lève, touche le mur de sa maison avec un peu d'appréhension, essayant de lui faire entendre qu'elles sont seules désormais, attachées l'une à l'autre, et qu'il faudra se supporter. Pour être tout à fait aveugle, elle se bande les yeux avec un foulard. Elle s'attaque d'abord aux poignées, celles des portes et des fenêtres, leur emplacement, leur hauteur. Elle passe ensuite aux commutateurs, plus sournois à localiser. En tâtonnant le long des murs, elle sent de petits renflements suspects, qui s'effritent lorsqu'elle les touche, et c'est un plaisir sous ses doigts. Après les pièces du rez-de-chaussée, elle s'engage dans l'escalier. Elle lève très haut les genoux en comptant les marches une à une. Elle sent qu'à proximité de l'étage les dernières tournent et se resserrent, ce qui les rend dangereuses. Elle vérifie d'une main puis les monte et les redescend plusieurs fois. Lorsqu'elle arrive sur le palier, elle cherche sa chambre. Mais elle s'arrête brusquement, dénoue son foulard.

— À quoi joues-tu ? dit-elle avec un petit rire forcé.

Elle entre, effarée par l'ombre du lit dressée sur le mur comme une menace, avec sa tête en bois sculpté, ses tables de chevet, ses miroirs, où la lueur qui filtre à travers les persiennes se reflète comme une échelle. Elle s'approche de la porte-fenêtre, fait jouer un moment les traverses métalliques, étudie leurs encoches, puis sort sur le balcon. Les maisons voisines semblent s'écarter d'elles-mêmes. Elle peut voir par-dessus les arbres — une chambre, un store qu'on déplie, un couple sur un canapé. Une odeur humide monte du jardin. Sur la gauche, les lumières du port sont orange. Elle se souvient du second étage, des alcôves percées de lucarnes comme des hublots de navire. Elle y monte sans bruit, se laisse prendre au léger tremblement des cloisons, lève l'ancre qui grince à peine, va d'un hublot à l'autre. De cette hauteur elle domine une série de jardins qui dérivent, enchaînés comme des trous d'ombre. Quelques rares fenêtres encore éclairées sont les derniers signaux que lui adresse le rivage — dormeurs éloignés tirant sur leurs draps.

Lorsqu'elle redescend, son voyage achevé, elle entend respirer quelqu'un. Si faiblement qu'elle hésite d'abord à y croire. Le bruit semble venir d'une pièce étroite, en retrait, qui fait face à sa chambre, entre l'escalier et la salle de bains. C'est une respiration d'enfant qui dort dans la maison voisine. Elle entre, s'agenouille, pose l'oreille contre la cloison pour découvrir le point précis où elle l'entend le mieux, et reste là longtemps à respirer au même rythme. Elle sent que les murs se referment. Une grotte.

6

Un petit garçon de cinq ou six ans. Elle le
voit rôder près de la camionnette qui lui
apporte ses deux meubles : « C'est lui que j'écou-
tais dormir », pense-t-elle. Il est suivi du chien
qu'elle connaît déjà, qui lui flairait si amicale-
ment les chevilles le premier jour. Une femme
sort de la maison voisine. Elle est jeune, en robe
de chambre, une tasse de café à la main.

— Frederick !

Comme le petit garçon n'a pas l'air d'entendre, elle l'appelle de nouveau et dans cette
rue étrangère, cette mère, cet enfant et ce chien
représentent soudain pour elle une part d'exis-
tences, de désirs, d'inquiétudes qui croisent les
siens, sans leur ressembler. Elle se dit qu'elle
devrait sortir et se présenter, échanger un nom
contre un autre, mais elle se dit en même temps
qu'elle n'a pas traversé deux frontières pour
céder au sommeil d'un enfant.

Elle prépare du café à son tour, le boit dans

ce fauteuil qu'elle trouve trop grand — elle peut presque s'y allonger. L'osier grince. Un bruit neuf, qui n'évoque rien. La journée passe à vider ses valises, ranger sa vaisselle, détartrer l'évier où le *clean-service* s'était contenté de passer une éponge. Vers quatre heures elle fait un tour dans le quartier, repère le bureau de poste le plus proche, le boucher, la banque, le marchand de journaux. Elle en achète quelques-uns qu'elle feuillette au hasard, sans rien y comprendre, assise sur les marches de la véranda. Elle les replie lorsque le jour baisse, s'aperçoit que le merle est là, de nouveau, et lui dit à mi-voix :

— On s'y fait.

Elle se fait au désert de sa chambre, aux dernières marches de son escalier, au silence vert et bleu des arbres, aux jeux de Frederick, aux aboiements du chien. Elle se fait aux lenteurs du soir, aux sirènes des remorqueurs, et même aux caprices de sa maison. Rien de grave : un joint qui fuit dans la baignoire, une serrure rouillée, la chaudière qui s'éteint. Une façon de dire : «Composons.» Elle compose en souriant, flatte les murs de la main, téléphone à Kees qui envoie aussitôt son meilleur plombier, et vient lui-même une heure plus tard contrôler le travail. Il pousse devant lui deux petites filles qu'il lui présente en rougissant. Des jumelles au visage de lune. Il lui apprend avec fierté qu'elles sont musiciennes, jouent du piano à quatre mains et que leur mère les accompagne à la guitare. Il fredonne, par jeu, en les imitant. Le plombier bat la mesure sur la chaudière avec ses tournevis et les jumelles rient aux anges. Ce n'est rien, juste un rire de petites filles, mais il tourne longtemps ce soir-là dans la pièce, d'un mur à l'autre, suspendu.

Elle sent qu'une torpeur la gagne, une sorte d'engourdissement qu'elle ne prévoyait pas, qu'elle met sur le compte de l'emménagement. Elle se lève tard, prolonge sa toilette, s'attarde dans son bain, regardant sans le reconnaître ce corps inexistant. À la mort de Pierre, son mari, elle avait eu les os broyés — elle ne sait pas dire autrement : comme si on l'avait écrasée. Chaque geste était un enfer et pendant de longs mois elle n'avait pu marcher qu'avec des cannes. On l'avait admirée de se battre si bien, mais elle n'y était pour rien. C'est son corps qui luttait pour elle, éveillé au désir depuis trop peu de temps et qui exigeait sa survie. En apprenant la mort de Steve, elle s'était effacée. Simplement *effacée*, en quelques minutes et sans bruit, comme une trace de buée sur une vitre. Elle était allongée, quai de la Tournelle, et ce qu'elle croyait être un corps n'en avait plus que l'apparence. Elle s'était pourtant relevée, s'était approchée de la fenêtre, l'avait ouverte, comme obéissant à un automate dont les ressorts joueraient d'eux-mêmes. Ressorts qui accomplissaient à sa place les gestes nécessaires, et lui avaient permis d'atteindre cette maison. Mais elle les sent qui se relâchent. Assise dans la véranda, les genoux contre l'accoudoir du fauteuil, elle bouge de moins en moins et tire simplement sur ses doigts en interrogeant l'œil du paon, qui est devenu son cadran solaire. Lorsqu'elle le voit s'éteindre dans le glissement d'entre chien et loup, elle se sent presque soulagée.

Un jour, dans l'un des journaux qu'elle feuillette par habitude, elle découvre une image qui la fait réfléchir : une chaîne d'hommes et de femmes transportant des sacs de sable pour colmater une brèche que la tempête, ou la marée, elle ne sait pas lire la légende, menace d'ouvrir dans une digue. Elle se lève brusquement.

— Colmate, colmate. Sinon, ça submerge.

Elle s'oblige à faire naître en elle un sursaut d'énergie suffisant pour s'aventurer au-dehors. Elle achète un plan de la ville et elle marche.

7

Elle préfère marcher au hasard, sans itiné-
raire, mais avec le plan dans sa poche pour le
cas où elle se perdrait. Tout de suite elle est
dans les bois. Les rues de son quartier se trans-
forment en chemins de terre où elle croise des
cavaliers. Elle franchit des ponts, longe de petits
cours d'eau couverts de feuilles mortes, qui lui
rappellent son enfance, lorsqu'elle jouait au
Robinson avec son frère. Tout la déconcerte.
Elle se croit parfois en pleine campagne,
découvre même des poules dans un champ et
se trouve soudain devant un carrefour à huit
voies.

Un jour, du haut d'une allée en surplomb,
elle aperçoit des cerfs. Ils occupent un îlot de
verdure face à la gare centrale, entouré d'une
haie si légère qu'on la confond avec les arbres.
Elle descend vers eux, s'assied sur un banc. La
rumeur des voitures s'estompe autour du trou-
peau immobile. Des biches, des faons de pro-

fil, tournés vers un même horizon, l'image des forêts perdues, et elle s'engourdit de nouveau. La lumière est à ras de terre. Elle pourrait y poser la main et les jours d'autrefois prendraient feu. Une image de Toscane, un matin d'incendie, dans les fumées d'eucalyptus.

Elle se lève en sursaut.

— Si tu t'assieds, tu es perdue.

Elle traverse en courant un boulevard périphérique, se réfugie sous d'autres arbres, puis le long d'un étang où des chiens se baignent et, par une allée cavalière, atteint une maison des bois, fermée par une simple grille, au milieu des rhododendrons. Elle consulte son plan : la demeure de la Reine.

Elle marche, toujours plus loin, toujours au hasard, sans orientation, sans repère. Un soir, se croyant égarée dans les dunes, elle arrive à la mer. Repliée contre l'horizon, laissant la plage à nu. Elle s'avance vers elle dans un crissement de petits couteaux. Le sable est presque noir. Deux jetées parallèles, où clignotent des feux rouge et vert, marquent l'entrée du port. Elle va jusqu'à la limite des vagues, trempe sa main dans l'eau glacée, puis revient sur ses pas et, par un escalier creusé dans la dune, gagne le pied du phare. De là-haut, la mer se renverse et se gonfle à toucher le ciel. Le vent s'accroche à ses cheveux et menace de l'emporter. Elle distingue au large une nuée d'oiseaux survolant un bateau de pêcheurs. Des mouettes sur le qui-vive. Elles savent qu'après avoir remonté leurs filets, les pêcheurs vont jeter le surplus à la mer. Elles se déchaînent alors, dans des piaillements suraigus, à qui sera la plus vorace, la première à saisir sa proie, l'emporter, l'avaler, revenir à la charge, dans un tournoiement éperdu, qui s'allonge en s'élargissant pour ne rien laisser perdre.

Elle voit le bateau disparaître entre les jetées du port et s'adosse à la porte du phare. Elle sait qu'elle viendra là souvent, qu'entre les ombres et les reflets, le jeu des lumières et des vagues, où jamais rien n'est immobile, elle finira par découvrir le sens du mot : maintenant.

Un matin, elle entend sonner vers onze heures. Elle ouvre à un jeune homme en tablier bleu, qui lui tend une orange et lui indique, avec un grand sourire, une camionnette stationnée dans la rue. Les parois, dépliées comme des éventaires, laissent voir des cageots de fruits. Le jeune homme l'oblige à accepter l'orange et lui fait signe de le suivre. Elle secoue la tête maladroitement, lorsqu'une voix demande :

— Vous Française, je crois ?

Sa voisine, sur le pas de sa porte.

— Je sais parler pas trop, mais un peu, si vous voulez.

Elle explique que Yann — c'est le prénom du jeune homme — est marchand de fruits et légumes. Qu'il passe dans leur rue chaque vendredi.

— Si c'est d'accord, il sonne chez vous après moi.

— Tout à fait d'accord, dit-elle. Je vous remercie.

Elle suit Yann jusqu'à sa camionnette, regarde ce qu'il offre, choisit : «Ça, ça et ça», règle ce qu'elle lui doit et pointe sa sonnette pour dire qu'elle l'attend le vendredi suivant. Sa voisine est restée sur le pas de sa porte, une tasse de café à la main.

— Le même pour les vitres, dit-elle.

— Quelles vitres ?

La voisine indique d'un geste que toutes les maisons de la rue ont de hautes fenêtres.

— Il fait lavage tous les deux mois.

— Yann ?

— Non : Pieter. Avec sa grande échelle. Pour lavage, c'est plus commode. Si c'est d'accord, je dis à lui aussi.

— D'accord également pour Pieter, bien sûr.

La voisine fait un pas en avant.

— Pardon, mais pour les poubelles...

Elle a un petit haussement d'épaules.

— Votre agent a mal informé, je crois.

Elle précise qu'il y en a deux par maison : la verte et la grise. La verte, comme sa couleur l'indique, est réservée à... Quel mot pour dire ça ? Tout ce qui tient de l'herbe, de l'épluchure, de l'écorce... Ah ! végétal, voilà. La grise pour le reste. Les éboueurs ramassent la grise le lundi, la verte le jeudi. Est-ce clair, maintenant ?

— Tout à fait clair.

Elle a écouté la leçon tête basse. Elle se

croyait tranquille, anonyme, conforme. Elle découvre qu'on la surveille. Derrière ces hautes fenêtres, que les échelles de Pieter permettent de laver à grande eau, tous ses gestes sont commentés.

— Merci encore.

Elle se retient d'ajouter : «Je ne le ferai plus, c'est promis.» Au moment où elle ferme sa porte un petit garçon arrive en courant. C'est Frederick qui se frotte contre sa mère, s'accroche à l'ourlet de sa jupe, et murmure :

— *Dag, buurvrouw.*

— Ça dit : «Bonjour, voisine», traduit la mère.

Elle se penche, lui tend la main.

— *Dag*, Frederick. Moi : Marie.

Il la regarde. Il a les yeux très verts. Ils se serrent la main gravement.

— Marie !

La porte à peine refermée, elle le répète à voix haute. Son prénom, comme si elle s'éveillait. Dans les actes signés à Paris, et sur le bail préparé par Kees, elle n'a jamais été que Mme Demesne, plus exactement : Mme *veuve* Demesne, et pour d'obscures raisons oubliées, son frère, depuis toujours, la surnomme Tita. Où s'était endormie la petite Marie de Vincennes, dans son tablier à carreaux, qui suivait si passionnément le trajet d'une canne en bambou sur les cartes ? Elle dépose dans la cuisine ce qu'elle vient d'acheter à Yann, s'approche de la fenêtre, souffle sur la vitre. La buée dessine un visage. Elle sent comme une brûlure sous un ongle, la pointe d'une aiguille qui effleurerait un éclat de mémoire.

Cet après-midi-là, elle va voir la mer. Mais au lieu de monter vers le phare comme les autres jours, elle décide de suivre la plage.

C'est un jour sombre avec des ruptures de vent. Elle croise quelques couples, un cavalier de loin en loin, des chiens et des enfants. Les hangars à bateaux sont vides. Elle avance lentement. «Je n'ai pas les chaussures qu'il faut, pense-t-elle. Demain, je m'achèterai des bottes.» Elle s'assied au bord de la dune. Elle aperçoit de petits paillons qui l'intriguent. On dirait des gerbes de blé coupées ras, enfoncées dans le sable à intervalles réguliers. En regardant mieux, elle finit par comprendre que ce sont des étuis à graines. Il faut planter pour fixer les dunes. Mais les graines seraient emportées par le vent. D'où ces paillons, où on les enferme, qui leur donnent le temps de prendre racine et de se développer. Elle se sent très fière de sa découverte. «J'ai percé le secret des terres inventées», pense-t-elle en souriant, et la petite Marie de Vincennes lui touche la main doucement.

Très loin d'elle, du côté du port, elle voit brusquement se lever un soleil à chevelure rouge, qui claque avec violence. C'est le cerf-volant d'un enfant. Elle s'allonge, ferme les yeux. Des oiseaux la survolent. «Je voudrais qu'il m'écrive, se dit-elle. Je voudrais savoir où il est.» Elle lit la lettre à mi-voix :

— Chère Marie...

En majuscules, souligné.

— *Chère UNDERLINE{MARIE}, cet après-midi j'ai conduit mon cheval sur ta plage, pour le faire galoper. J'ai aperçu une petite dame dans les dunes. De loin, j'ai trouvé qu'elle te ressemblait, mais je n'ai pas osé l'aborder. Elle semblait trop sereine pour que ce soit toi. Toi, comment pourrais-tu, après si peu de temps...?*

Elle ouvre les yeux. Pourquoi : *si peu de temps*? Y a-t-il des délais imposés, des calendriers de deuil nécessaire avant d'avoir le droit... Oh! Marie... Elle enfonce ses mains dans le sable. Seule, si seule, dans un tel silence. La douleur cachée sous un ongle brûle soudain le corps entier. Elle se relève en tremblant et se dépêche de rentrer.

Comme elle se méfie d'elle-même maintenant, et ne veut plus s'évader au hasard, elle
décide d'arpenter la ville en touriste. Elle achète
un guide, dresse une liste de quelques visites
possibles : l'ancien palais royal, le palais de la
Paix, le village miniature, le centre de biologie
marine, le casino du bord de mer. Elle choisit
pour le premier jour ce que le guide appelle : le
Panorama.

Elle monte un escalier qui ressemble à celui
du phare et conduit à une fausse dune, d'où elle
découvre une mer peinte, gris et vert, avec
des hauts-fonds presque noirs. Des chevaux
tirent des barques sur le sable. Un escadron de
cavaliers manœuvrent, et les baigneuses les
regardent derrière leurs cabines en osier. L'illusion est si parfaite qu'elle croit voir les mouettes
se poser sur les vagues. Elle croit même les
entendre, mais ce sont de faux cris diffusés par
des haut-parleurs. Une voix leur succède, qui

explique en trois langues de quelle époque date ce Panorama, qui l'a peint, dans quelles conditions.

Elle s'accoude à la balustrade, se dit qu'il faut être patiente avec les touristes, permettre au trompe-l'œil de renaître entre deux fournées d'autocars. La toile est disposée dans un grand local circulaire et quand le regard la parcourt il découvre la ville entière. Elle y pénètre sans effort, se glisse entre les filets qui sèchent, dépasse l'abreuvoir aux chevaux, sourit à une femme qui bat ses tapis, s'arrête aux portes du désert, face aux sphinx de pierre qui gardent la demeure des princes d'Orange, et voit monter derrière un rideau d'arbres la fumée du tortillard qui conduit à la Pompstation.

— Un peu plus de cent ans, se dit-elle. Si j'ai bien entendu les dates, cette ville n'était qu'un village, avec des potagers, des moutons, des basses-cours. Ma maison n'était pas construite. Ma rue se perdait dans les champs.

Un furieux grondement de pluie la réveille. Sans doute un jeu des haut-parleurs, un faux orage enregistré. Mais le bruit est trop insistant. Elle finit par lever la tête et comprend soudain la clef du mystère. Le local du Panorama donne directement sur l'extérieur, par des ouvertures ménagées dans le toit. La lumière capturée se réfléchit sur les parois d'une lanterne, qui la projettent vers la toile. Elle a un petit sursaut de frayeur. Ainsi, c'est par ces ouvertures que se

46

glissent les morts d'il y a cent ans, et qu'ils renaissent chaque jour, à travers ceux qui les regardent, dans un même rythme du temps...

Dehors, les trottoirs ont été lavés à grande eau. Les rues sèchent.

Elle retourne au Panorama plusieurs jours de suite, à des heures différentes, s'habitue aux jeux de lumière, explore les recoins de la toile, finit par choisir un refuge : une petite tache de peinture bleue, arrondie comme un œil-de-bœuf, qui surmonte l'étal d'un poissonnier. Elle écarte la vitre, pénètre à l'intérieur, s'assied face à la plage et regarde au-delà du temps. Plus aucun compte à faire, aucun coffre à ouvrir, aucune cendre à remuer. Elle est libre de sa mémoire, dans l'univers qu'elle désirait : autre chose, ailleurs, autrement.

Lorsqu'elle referme l'œil-de-bœuf et quitte le Panorama, elle rejoint directement la mer. La vraie. Bruyante, multiple, sournoise. Qui l'accueille en grondant comme une menace. Assise au pied du phare, elle observe une équipe de surfeurs, en cagoules noires comme des insectes, qui apprennent à dompter les vagues. Elle compte les points. Le jour baisse. «Jusqu'à quand ? se demande-t-elle. Jusqu'à quand ?»

— Deux heures vingt?

Elle regarde par la fenêtre. Yann est d'une exactitude rigoureuse et sa camionnette vient tout juste d'entrer dans la rue. Elle secoue sa montre, la porte en vain à son oreille, car elle fonctionne sur pile, sans les battements d'autrefois. Pour la faire repartir, il suffirait d'une pile neuve, mais quel besoin d'une heure exacte derrière le point bleu de son œil-de-bœuf? Elle détache la montre de son poignet, la range dans l'armoire.

— Entre la couleur des poubelles et l'arrivée de Yann, je repère facilement les jours de la semaine. Pour savoir l'heure, je vais faire confiance aux enfants.

L'école est au coin de la rue, comme une grande horloge dessinée sur le mur. Sept heures : premiers claquements de volets, grondements des tuyauteries — ils se lèvent. Huit heures : brusque animation de la rue, voix stridentes qui courent le long des trottoirs, au ras des maisons, et s'éteignent d'un coup quand l'école ferme ses portes. Onze heures : ils rentrent déjeuner. Une heure : ils repartent. Dans l'après-midi, elle n'entend plus que des rumeurs confuses. Ils jouent sur le trottoir, sans horaire précis. Le temps ne redevient lisible qu'au moment où la voix des parents couvre celle des enfants : six heures, quoi qu'il arrive. Voitures qui se garent, portières qui claquent. Les hommes se saluent de loin, s'attardent un instant, échangent des nouvelles, mais très vite ils tournent le dos, tirent leurs rideaux, s'enferment. Certains soirs, le merle lui tient compagnie un moment. D'autres soirs, elle entend les gammes de Frederick qui apprend à jouer de la flûte. Neuf heures au plus tard : il s'endort. La semaine s'écoule ainsi sans surprise. Le dimanche est plus incertain. Elle n'a pour tout repère que les cloches de l'église voisine et quelques passages d'avions. Mais le dimanche n'existe pas pour elle. Depuis toujours, c'est un couloir sans fin.

Et la nuit ? La nuit, elle a peur. Si elle se réveille en sursaut, comment savoir ce qui reste à attendre jusqu'au lever du jour ? Elle est dans un trou noir, sans autre lueur qu'une raie grise sous la porte et le dessin flou des persiennes. La première nuit, elle est prise de panique. Elle cherche sa montre à tâtons, fouille fiévreusement sous ses draps. Personne, personne, et pourquoi? Elle se lève, ouvre la fenêtre. Aucun mouvement dans le jardin. Elle pense : «Je vais sonner chez les voisins», s'habille en hâte, s'interrompt au dernier moment. Les voisins dorment. Ils vont croire que je suis folle. Elle est folle, c'est vrai. Et alors? Tout plutôt que ce noir. Elle pense : «La mer.» Non pas se jeter à la mer : entendre la mer. L'entendre battre. Elle court parce qu'elle a froid. Lorsqu'elle arrive entre les dunes elle ne voit plus la plage. La marée montante l'a effacée. Elle entre dans l'eau. Elle crie :

— Où es-tu? Reviens!

Sa voix tremble.

— Londres, le dernier jour. Heathrow. Depuis, où es-tu?

Elle se tait brusquement. Deux hommes s'approchent. Elle secoue la tête.

— Rien. Rien. *Nothing.*

Elle rit pour les rassurer, lève un pied.

— Des bottes. Il faut que j'achète des bottes. Je ne peux plus patauger comme ça.

Elle s'éloigne, essaie de marcher normalement pour éviter d'être suivie. Elle murmure : «La prochaine fois...», mais non. Elle ne doit pas penser à la prochaine fois. Elle doit penser à sa mère, qui dirait :

— Un bon bouillon, ça calme. Avec un gros croûton de pain.

Elle regarde le ciel. Quelque chose bouge à sa frange. Elle peut rentrer, se recoucher. Le premier claquement de volet n'est pas loin.

12

Elle achète ses bottes près du port, dans un magasin d'articles de pêche. Elle y ajoute un ciré en toile jaune vif et un chapeau assorti. Comme il pleut, elle décide de les étrenner. Elle a besoin de réfléchir. En ouvrant son courrier, ce matin-là, en vérifiant son relevé de compte bancaire, elle a découvert qu'elle venait de payer quatre mois de loyer.

— Déjà?

Oui, déjà. Sans erreur possible. Ce chiffre la surprend et la met bizarrement mal à l'aise. Elle marche longtemps, jusqu'à des bois touffus où la lumière entre en oblique. Elle répète en marchant :

— Quatre mois... quatre mois...

Elle revoit sa chambre, quai de la Tournelle, l'instant où elle avait décacheté la lettre, où elle avait senti qu'elle perdait connaissance, que son corps s'effaçait. Combien de temps? Quelques secondes? Quelques heures? Elle n'en sait plus rien. Elle sait seulement que quelqu'un s'était relevé à sa place, avait posé la lettre sur la table, ouvert la fenêtre. Quelqu'un dont elle dit aujourd'hui : c'était un automate. Mais à aucun moment je ne me suis révoltée contre lui. Tout ce qu'il exigeait, je l'ai fait. Est-ce de ça qu'elle se sent coupable? De n'avoir rien tenté, rien *voulu* tenter, pour rompre cette soumission? Un simple relevé bancaire l'en rend consciente, brusquement. Elle fouille en elle le plus loin possible. Elle aimerait trouver une trace d'abandon, une attirance vers la mort. Pas la moindre. Chaque vendredi matin, quand Yann sonne, elle ouvre, elle achète de quoi se nourrir : «Ça, ça et ça», et elle mange. Aussi simple, aussi dérisoire. Rien ne l'atteint. Ni la solitude, ni le silence. C'est au point qu'elle pourrait enlever son ciré et ses bottes, s'offrir toute nue à la pluie, elle n'attraperait rien. Elle est comme intouchable. Et pourtant la douleur ne s'interrompt jamais, déchire et taillade, comme le reflux de la mer, arrachant chaque fois un petit éclat d'elle-même. Elle tend les bras sous la pluie.

— Je m'effrite.

Mais elle est toujours là. Heureuse d'être toujours là. Voilà ce qu'elle doit s'avouer.

— Je tiens.

Malgré son âge et sa fatigue, elle résiste et s'entête. Et cet entêtement est peut-être sa meilleure arme pour obtenir ce qu'elle attend, ce rêve, ce miracle, dont elle n'ose rien dire encore, mais qui est en elle comme un défi.

Elle marche ainsi longtemps, en jetant les mots devant elle, arrive au bord d'une clairière. Le ciel apparaît brusquement — un ciel gris-noir, rayé de rouge. La pluie a cessé, mais elle a creusé dans le sol une série de petits lacs où le rouge du ciel se reflète. Elle pense à un cordon de mine, une petite ligne de flammèches qui sauteraient d'un lac à l'autre. Elle attend la déflagration. Mais la nuit les éteint, une à une. Elle est prise alors d'un inexplicable regret — quelque chose qui devait se produire, qui s'est interrompu, qu'elle perd à jamais.

Elle sent soudain qu'on la regarde, fouille la pénombre, distingue deux yeux d'or, deux oreilles pointues : un renard. Elle se met à rire.

— Mon témoin rêvé !

Elle lève quatre doigts d'une main.

— J'ai tenu quatre mois, crie-t-elle. Qu'en penses-tu ?

Mais il s'intéresse à tout autre chose, certain bruit venu du sous-bois, de petits gloussements étouffés, un froissement de feuilles, et voilà qu'une poule faisane éperdue traverse la clairière en courant. Le renard disparaît à sa suite.

— Restons neutre, dit-elle en faisant demi-tour.

Il est tard lorsqu'elle rentre chez elle. Dès la porte, elle entend la sonnerie du téléphone.

— Tita ?

Alain, son frère.

— Je t'ai appelée plusieurs fois. Je commençais à m'inquiéter. Tita, il faut qu'on parle affaires. Si j'arrive lundi prochain, ça te va ?

13

Le bar de l'hôtel sent le cuir. Ils sont assis dans une pénombre verte. Les petites flammes des photophores jouent sur les carreaux de faïence. Au plafond, un ventilateur désuet se souvient des Indes.

— On prétend que l'impératrice Eugénie avait ici ses habitudes, dit Alain. Ça n'a pas dû beaucoup changer depuis.

Il parle à voix basse, tant le silence est oppressant. Derrière le comptoir, un barman trempe ses verres dans un bol de glace pilée. À travers la porte vitrée, on aperçoit un hall désert, une colonnade en rotonde, des lustres de cristal, un escalier à double révolution.

— J'imagine que certains soirs, quand il a neigé, on doit entendre une calèche, le claquement d'un marchepied, et très vite elle passe là, entre ces colonnes, avec ses lévriers.

Il essaie d'être naturel. Mais il se demande s'il n'a pas eu tort de venir. Lorsqu'elle lui a dit, au téléphone, qu'elle ne pouvait pas le loger, qu'elle n'avait qu'une chambre, il a répondu qu'il s'arrangerait. Il connaissait un peu la ville, pour y être venu deux ou trois fois avec Francine. Il se souvenait d'un hôtel. Mais depuis qu'elle l'a rejoint dans ce bar il évite de la regarder. Elle a quelque chose de lointain, de fermé, qui l'irrite. Comme un bâillon étroit, entre le regard et les lèvres. Il fait signe au barman.

— Deux oranges pressées.

Elle fait signe à son tour.

— Un peu de vodka dans la mienne.

Devant l'air surpris de son frère, elle sourit.

— Tu permets?

Elle le regarde, de son côté, avec une sorte de méfiance. Que veut-il? Pourquoi vient-il? Malgré la tendresse qu'elle a pour lui depuis toujours, elle le connaît mal. Ils ont une trop grande différence d'âge. Et puis Francine, sa femme, Agnès, leur fille, lui sont étrangères. Quant à son métier de viticulteur... Elle tourne brusquement la tête. Le barman est là, comme une ombre, sans qu'elle l'ait entendu approcher. Elle touche son verre, y trempe un doigt, le lèche lentement.

— Alors? demande-t-elle.

— Alors, la vente aux enchères a eu lieu. J'ai tous les papiers dans ma chambre, avec l'argent. Je te les donnerai tout à l'heure. Tu seras peut-être déçue.

— Je t'ai dit : n'importe quel prix.

— Je sais, mais, bon... Certains objets qui appartenaient aux parents avaient pour moi une certaine valeur, et...

— Je t'ai dit : prends ce que tu veux.

— Si tu avais été là, peut-être. Si on avait fait le tri ensemble. Mais...

— Mais quoi? Je t'ai laissé libre. Puisque c'est fait, qu'il est trop tard, pourquoi viens-tu me dire ça?

Elle touche encore son verre, boit une gorgée.

— D'ailleurs, tu n'es pas venu me dire ça. Je me trompe?

— C'est vrai.

Il se penche.

— L'appartement.

Il se lance dans des explications maladroites : il l'a mis en vente, mais les offres sont dérisoires, le marché au plus bas, Agnès d'autre part, oui, sa fille Agnès, veut s'inscrire à l'École du Louvre à Paris, alors ils s'étaient demandé, avec Francine, si, au lieu de vendre, elle n'accepterait pas de louer.

— Le lui offrir, on aurait bien aimé, mais vu la conjoncture...

Plus il s'embarrasse dans ses phrases et plus elle a envie de rire. Ce n'était donc que ça! Deux conspirateurs, parlant bas, dans le désert feutré du bar, pour savoir si la pauvre Agnès...

— Oh! Alain...

Elle finit sa vodka-orange d'un trait, en commande une autre. L'alcool la fait tousser, mais c'est bon. Ça lui permet de rire sans qu'il s'en aperçoive. Tout est si loin, ces murs, ces portes, ces lumières du quai de la Tournelle. S'il reste encore là-bas quelques relents de nostalgie, cette petite bécasse d'Agnès les aura vite piétinés.

— N'en parlons plus. C'est fait.

Elle se lève. Du bar, ils gagnent la salle à manger. Alain, soulagé, veut lui faire fête. Il joue les experts, chicane sur les vins, parle beaucoup. Trop peut-être, mais malgré les deux vodka-orange, le bâillon n'est pas desserré. Il cherche à la détendre, l'interroge sur la ville, ce qu'elle aime, ce qu'elle a vu. Elle se souvient d'avoir dressé une liste de visites possibles, mais de s'être arrêtée au Panorama. Et le Panorama, elle préfère ne pas en parler.

— Je sors peu. Toujours au hasard. Il y a de petits canaux que j'aime bien, des étangs avec des canards, des ruelles.

Elle l'interrompt lorsqu'il aborde les Rembrandt.

— Non, non, c'est pour plus tard.

Elle l'embarque vers d'autres villes : Haarlem, Delft, Leyden. Il connaît. Il se laisse faire, et ce qu'il évoque du Jardin botanique leur plaît à tous les deux, les pelouses, la chaleur des serres, qui rappellent des images de leur enfance à Vincennes. Au café, il monte chercher les papiers et l'argent dans sa chambre.

Elle se dit : «Comment m'échapper?» Et arrive ce qu'elle redoutait.

— Je te raccompagne, dit-il.

Elle sourit.

— Tu te méfies à cause de la vodka?

— Non, mais tout cet argent sur toi...

— Et alors? J'ai un tramway tout près, qui me dépose devant ma porte.

— Tita?

— Oui?

Il ne sait pas lui dire : «Je veux voir ta maison.» Elle ne fait rien pour l'y aider.

— Tu es sûre?

Elle lui touche la joue, doucement.

— À demain.

14

— Il faudra bien.

Puisqu'il ne repart que le lendemain. Puisqu'il lui consacre deux jours. Elle a froid. Elle se réfugie dans sa grotte, écoute respirer Frederick. Elle murmure à travers la cloison :

— Les papiers, il pouvait les poster. Virer l'argent à mon compte. Régler le problème d'Agnès par téléphone. Alors, pourquoi ?

Elle sait pourquoi. Dès qu'elle l'a vu dans ce bar vert, dès qu'elle l'a embrassé, elle a su qu'il insisterait pour forcer sa porte et qu'elle finirait par céder. Parce qu'il est d'avant. De toujours. C'est son frère. Toute sa tendresse va se réveiller. Elle n'a jamais su s'en défendre. Elle attend l'aube sur son balcon, enveloppée dans deux couvertures. Le ciel d'hiver est étrangement clair, d'un gris trop bleu. Alain est capable de dire :

— Avec un temps pareil, je reste.

Il l'attend dans le hall, entre les colonnes. Il tient un petit dépliant.

— Le Westbroek, tu connais ? Le portier de l'hôtel me dit qu'il y a un restaurant. Il fait si beau. On pourra déjeuner dehors.

Il sent le frais, le neuf, le menton bien rasé, les yeux vifs. Quelque chose comme un air de vacances. Et toutes les barrières dont elle se croyait entourée s'effondrent. Elle connaît le Westbroek, son exubérance, la folie des rosiers, des massifs, les allées le long du canal, le pont japonais. Ils y accèdent de très loin, traversent une pelouse où des enfants jouent au ballon, longent un étang gardé par des hérons, atteignent la roseraie. Il n'y a plus de roses en cette saison, mais il reste encore de grandes taches de couleur, des buissons épais, des bruyères. Elle a pris d'instinct la main de son frère, comme au bois de Vincennes lorsqu'il apprenait à marcher. Mais ce n'est plus elle qui protège. Les serveurs ont dressé des tables sur la terrasse. Ils s'installent au soleil.

— Tu n'auras pas froid ?

Elle fait non de la tête. Elle dit :

— Commande pour deux. Je n'ai pas faim.

Elle ferme les yeux. Cherche-t-elle son courage, ou simplement le premier mot à prononcer ? Elle l'entend discuter avec le garçon, insister sur le mot : *salade*. Lorsque le garçon s'éloigne, elle dit simplement :

— Headway.

D'une voix très claire, très calme.

— Steve Headway. Mon amant de trente jours par an.

Elle lève la main, comme si le soleil la gênait, change de place. Elle s'assied en face de son frère. Elle préfère ce visage dans l'ombre.

— Ce n'est pas que tu as le droit de savoir. C'est pour moi.

Elle lui touche la main. Elle ne la serre pas, comme tout à l'heure sur la pelouse. Elle la parcourt. Elle suit les doigts un à un.

— Après la mort de Pierre, j'ai vécu comme une sauvage. J'ai eu des guerriers pour amants. Je veux dire des hommes qui m'agressaient, avec qui je devais lutter, qui passaient. Ou plutôt, c'est moi qui passais, d'un corps d'homme à un autre corps d'homme. Pas même par plaisir. Par revanche. Pour sentir que mon sang bougeait. Ça s'est arrêté comme c'était venu. Une maladie peut-être, qui ne trouve plus rien à ronger. La routine. L'ennui. Et puis...

Elle s'interrompt, lève les mains. Le garçon pose entre eux des assiettes, des verres, tout ce qu'il faut de couverts, de salières, de corbeille à pain. Elle attend que cette agitation se calme. Tout de suite après, elle reprend :

— Et puis, il y a cinq ans...

Elle ne sait pas comment dire.

— Lui.

Elle cherche le regard d'Alain. Il a rejeté la tête en arrière, plissé les yeux vers le soleil. Son bel éclat neuf s'est éteint. Il a l'air de quelqu'un

62

qu'on surprend à fouiller les tiroirs. Elle dit à mi-voix :

— Pardonne-moi.

Mais c'est commencé maintenant.

— Steve Headway. Celui qui avance. Dont je suivais la trace onze mois par an. Le douzième...

Pendant un moment, elle semble s'intéresser à son assiette. Elle écarte les feuilles de salade, les rondelles de tomate, les noix, mord dans une branche de céleri.

— Il habite le Sud de l'Amérique. Spartanburg, la ville des Lacédémoniens. Il a une femme malade. Trop malade pour s'en séparer. Il a... Il avait... Je ne sais plus. Quand je pense à lui, il est là. Sa femme, c'est pour t'expliquer. Moi, je n'en ai jamais parlé avec lui. Je savais, voilà tout. Il avait droit à un mois de vacances. Sous prétexte de visiter les musées d'Europe. Ce n'était pas un prétexte d'ailleurs. Il est historien d'art. C'est en traduisant l'une de ses études que je l'ai connu. Nous avons donc été en Italie, la première année. Puis Madrid, pour le Prado. Puis la Grèce. Puis Berlin, l'île des cinq musées. Londres, l'an dernier. Toujours en juillet ou en août, selon le calendrier des expositions. Londres, ça s'est prolongé en septembre. Cette année...

Elle s'interrompt. C'est ici qu'ils devaient venir, cette année, pour les Rembrandt et les Vermeer. Mais elle refuse de le lui dire. Et de se le dire à elle-même. Elle préfère se mentir, avec des images d'enfance, des cartes de géographie, pour ne pas savoir qu'elle est arrivée la première, avec onze mois d'avance, et qu'elle attend. Qui est là, en face d'elle ? Qui devrait être là, qu'elle n'ose pas regarder ? Elle tourne la tête, s'adresse à ce qui l'entoure, les chaises, les tables, le gravier.

— Nous nous sommes rencontrés à Paris. Il est resté quarante-huit heures, pour une exposition à Beaubourg dont il avait conçu le catalogue. Après le vernissage, il y avait un dîner place des Vosges, un grand buffet sous les arcades, beaucoup de monde, des gens qui n'étaient pas invités, qui se joignaient à nous. Steve allait de l'un à l'autre, son assiette à la main. Lorsqu'il s'est arrêté devant moi...

Elle sourit, comme si le vent de ce soir-là se levait autour d'elle, lui rendait ces rumeurs de fête et de voix, où les vieux enfants s'étaient reconnus.

— J'ai parlé de vacances. Mais il travaillait sans arrêt. Un musée, c'était son laboratoire. Il couvrait des pages de croquis, de notes. Je l'aidais, je triais, je classais, mais il y avait toujours entre nous, même au moment de la plus délicate recherche, un détail de chronologie, d'attribution, oui, toujours entre nous l'attente et la nouveauté du désir.

Son frère comprend-il, s'il écoute ? Elle ignore

tout de Francine et de lui, ce qui les attache, ce qui les retient.

— Tu penses peut-être que je suis trop âgée pour dire ça. Mais le corps n'a pas d'âge. Pas de mémoire, non plus. Ce qu'il croit connaître, il l'apprend. Au début, l'extrême lenteur de Steve à s'éveiller me rendait jalouse. C'est qu'il m'arrivait de si loin. Il voulait avoir tout son temps, tout le mien aussi, ne rien perdre. Lorsqu'il me touchait, c'était toujours la première fois que quelqu'un me touchait. Tu veux savoir ce qui me manque? Ce qui me manque par-dessus tout? Sa main, là, contre mon visage.

Elle sent qu'on bouge, qu'on remue les assiettes. Le garçon demande peut-être si elle a terminé. Elle fait un geste : emportez! Elle est presque au bout. Elle tremble.

— J'ai appris sa mort par sa fille. Accident de voiture à son retour de Londres. Et voilà, tu sais tout. Non, pas tout. Quand j'ai appris sa mort, ce n'est pas ma tête ou mon cœur qui ont compris d'abord. C'est mon corps. Je me suis dissoute. Tu n'as personne en face de toi, Alain. Je suis là-bas, dans sa poussière.

Elle a l'impression qu'elle n'y voit plus, que sa vue se brouille. Elle ne comprend pas qu'elle pleure. C'est le geste d'Alain qui le lui fait comprendre. Il touche sa joue maladroitement.

— Laisse, laisse, dit-elle.

C'est la première fois depuis ce jour-là. Elle

ne fait rien pour se calmer. Elle pleure longtemps, silencieusement, sans se débattre. Alain
fait venir un taxi, l'aide à monter, donne
l'adresse. Elle ne cache pas son visage. De
temps en temps, d'un revers de la main, elle
essuie ses larmes. Lorsqu'ils arrivent devant
chez elle, elle demande tout bas :

— Ton avion ?

— J'ai tout le temps.

Il entre. Il entre enfin, puisqu'il n'est venu
que pour ça. Elle monte rapidement dans sa
chambre, le laisse seul. Pendant qu'elle se lave,
qu'elle se coiffe, qu'elle se change, elle sait qu'il
voit tout — son désert, sa mise à nu. Elle est là,
presque obscène, avec ses murs sales, ses vitres
sales, ses odeurs, son abandon. Elle l'entend
marcher, ouvrir des portes, descendre le perron.
Elle lui laisse le temps. Lorsqu'elle redescend il
est de dos, face au jardin. Il dit à mi-voix, sans
se retourner :

— Il aimerait te voir ainsi, tu crois ?

Le jardin

15

Après le départ de son frère, elle reste debout très longtemps, face au jardin comme il l'était, refusant de comprendre ce qu'il venait de dire. «Oh, Alain, pense-t-elle, ça fait quatre mois que j'attends. Si tu savais comme je suis lasse. Quand Pieter arrive avec ses échelles, il lave les vitres extérieures. Ça suffit pour faire illusion. Les gens qui passent dans la rue estiment que c'est une maison honorable. Le reste ne regarde que moi.»

— Mais lui, Marie? S'il était ici, à ma place, crois-tu qu'il aimerait ce que je vois?

Elle sait que le jardin pourrit. Tous les chats du quartier s'y soulagent. Elle en surprend souvent à la crête du mur. Et s'ils venaient de cette cabane enfouie sous la vigne, contre le mur du fond? Elle n'y est jamais retournée depuis le premier jour, mais elle se souvient de l'odeur. Qui suinte à travers les planches, gagne peu à peu, touche la maison. Elle finit par se décider.

— Commençons par là.

Mais, au bas du perron, une brusque image l'arrête. Elle murmure :

— Les alligators.

Avec Steve, dans l'un des musées de Berlin. Ils avaient suivi un couloir qui tournait deux fois sur lui-même avant d'atteindre une vitrine obscure. D'autres visiteurs étaient là, sur des chaises. Ils s'étaient assis. La vitrine était noire, mais en regardant bien, ils avaient distingué une ombre blanche sur la gauche, qui s'était précisée peu à peu. C'était une sculpture de Degas, l'une des petites danseuses qu'il habillait de jupons romantiques. En équilibre instable, comme elles le sont toutes, le poids du corps sur une jambe, l'autre tendue, sans poser le pied, comme si elle allait faire un pas. Une attitude d'enfant désinvolte, les deux mains croisées dans le dos, le buste et la tête rejetés en arrière, et comme elle avait des cheveux nattés, on pouvait croire que quelqu'un s'amusait à tirer sa natte. Ils avaient alors entendu un grondement sourd, suivi d'un éclair, comme un orage qui menaçait. Mais le grondement ne venait pas du ciel. Il montait d'en bas, de cette prairie où la petite danseuse hésitait à poser le pied. Un nouvel éclair plus violent avait permis d'apercevoir des formes couchées autour d'elle. Steve s'était levé. En revenant s'asseoir, il avait dit :

— Des monstres.

— Quel genre?

— Les plus répugnants. Des alligators.

— Combien?

— J'en ai compté cinq.

Le grondement devenait strident, suraigu. Elle avait dit :

— On dirait des roquets qui s'étranglent. Ils ont peur.

Cet affrontement de violence avait duré quelques minutes, dans une immobilité absolue, puis tout s'était éteint. Le gardien montrait la sortie. Ce soir-là, dans leur chambre, Steve avait demandé :

— Pourquoi as-tu dit : ils ont peur?

— S'ils s'étaient sentis les plus forts, ils n'auraient pas eu besoin d'aboyer. Ils auraient ouvert les mâchoires et dévoré simplement la danseuse. Mais elle tendait le pied vers leur territoire. Elle menaçait de l'envahir. Malgré sa fragilité, elle semblait sûre d'elle-même, de taille à les faire fuir.

— Elle rejetait pourtant le buste en arrière. Elle hésitait à faire un pas. S'ils n'avaient pas éteint si vite, c'est elle qu'on aurait vue s'enfuir, peut-être.

Sa main lui effleurait le ventre, remontait lentement vers la hanche.

— Le premier soir, place des Vosges, quand je t'ai rencontrée, j'ai eu peur, moi aussi. Tu menaçais mon territoire. Je me suis demandé : j'évite ou j'affronte? Et je les ai entendus aboyer. Quelques secondes à peine, mais des aboiements frénétiques. C'est à ça que je t'ai reconnue. À mes monstres.

Ils sont là, de nouveau. Réveillés par son frère, par le regard impitoyable et tendre de son frère. Embusqués sans doute au fond du jardin, dans cette cabane sinistre. Elle s'oblige à sourire d'elle-même.

— Affronte-les, Marie, vieille petite danseuse.

Elle traverse le jardin, s'accroche aux rameaux de la vigne, tire de toutes ses forces. Quelque chose craque. Elle passe, ouvre la porte. Le loquet ne grince plus. L'odeur s'est dissipée. Est-ce le *clean-service* qui aurait mis de l'ordre ? Elle voit des pots sur une étagère, quelques outils de jardinage, une tondeuse à gazon rouillée, un sac d'engrais, un sac de charbon de bois. Elle prend un sécateur, s'attaque à la vigne. De petits claquements ironiques, comme un rire, pour narguer les alligators.

— C'est commencé, dit-elle, en remettant le sécateur en place.

Le vendredi suivant, elle profite du passage de Yann pour interroger sa voisine.

— J'aurais besoin d'un jardinier pour venir à bout de ma forêt vierge. Pouvez-vous m'indiquer quelqu'un ?

Il est déguisé comme elle en pêcheur, le chapeau, le ciré, les bottes, mais la toile est bleu
clair. Il sourit derrière ses lunettes et se présente
dans un français parfait. Il s'appelle Clarence.
La voisine l'a contacté. Il vient voir la forêt
vierge. Elle le conduit jusqu'à la véranda.

— En effet! dit-il.

Il s'y aventure, arrache quelques chardons,
écarte les feuilles mortes, gratte la terre et
demande :

— Que souhaitez-vous exactement, madame?

— Autre chose.

— Autre chose, mais quoi?

Elle sourit.

— C'est à vous de me dire. Je distingue à
peine un dahlia d'une marguerite.

Clarence lâche les feuilles mortes, s'essuie les
mains contre ses bottes.

— J'avais mal posé ma question, madame.
Pardonnez-moi. Je la précise. Souhaitez-vous

un jardin ou une pelouse? Pour la pelouse, rien n'est plus simple. Il y a du gazon là-dessous. Je l'ai vu en grattant. Il suffit de déblayer tout ça, de réensemencer, de tondre. N'importe qui peut vous le faire. Moi...

Un petit éclair de défi traverse ses lunettes.

— Moi, je fais du jardin sur mesure.

Il revient vers elle, baisse la voix.

— Votre voisine, par exemple. Elle a un jeune Frederick de cinq ans. Elle est très capable de lui donner un petit frère un de ces jours. Pour elle, c'est l'espace qui compte, qu'on puisse jouer, courir, inviter les amis, installer une balançoire, un portique même dans un an ou deux, pourquoi pas, et, qui sait, une petite allée goudronnée pour le patin à roulettes. Je n'ai donc planté que du secondaire, un simple ornement de bordure, et qui s'accommode des heurts de ballon. Le sur mesure, c'est ça, madame. Des bases précises au départ, avec un œil sur l'avenir. Je ne parle pas de votre voisin de droite. Il est revendeur d'électroménager. Son jardin, c'est un entrepôt. Vous, madame, sans être indiscret, quelles sont vos bases de départ?

Elle hésite.

— J'ai besoin d'un signe de vie.

Elle a parlé si bas qu'il incline la tête pour entendre.

— Inventez-moi... Comment dire?

Il sourit pour l'encourager.

— Inventez-moi un jardin-piège. Qui attire à travers la vitre. Je n'ai pas de rideaux, vous l'avez remarqué? Si quelqu'un l'aperçoit et frappe au carreau, c'est gagné. Les mâchoires se referment.

Elle le regarde avec un peu d'effroi. De s'être trop livrée, avec des mots qu'elle est seule à comprendre, qui vont peut-être le faire fuir. Mais, après un bref silence, il demande :

— Dans quel délai d'avenir doit fonctionner ce piège?

— En juillet.

17

Elle glisse un mot sous la porte de sa voisine : *Merci pour le jardinier francophone*, et se
dit :

— Je commence à comprendre à quoi sert la
poubelle verte.

Elle la pose au milieu du jardin, y jette les
chardons arrachés par Clarence, quelques poignées de feuilles mortes, découvre ce dont il
vient de lui parler, une herbe jaunâtre et spon-
gieuse, qu'elle presse entre ses doigts avec un
curieux plaisir. Elle respire une odeur acide, se
penche davantage, voit pointer de petites dents,
qu'elle touche, qui résistent au doigt. Elle se
relève aussitôt.

— Ne fais rien sans lui, puisqu'il doit revenir.

Il a demandé quelques jours de délai pour
d'autres chantiers qu'il a en cours, et surtout
pour le temps de la réflexion. Il s'est engagé à
lui présenter ce qu'il appelle : «des esquisses de
possibles», et elle a ri franchement, enchantée

de cette formule. Elle continue de rire chaque fois qu'elle pense à lui. Il lui plaît. Sa gravité l'amuse, leur complicité immédiate, cette façon de pencher la tête lorsqu'il écoute, et surtout le refus de paraître étonné, comme si tout était naturel, les murs nus, l'absence de meubles, cette petite dame au milieu de rien. Kees, lui, n'avait pas caché sa stupeur, son angoisse même, mais Kees a deux petites filles, pendues à chaque main, déjà grandes, qui le retiennent au sol. Qui sait ce qui retient ou délivre Clarence? Elle lui laisse le temps de se découvrir. Elle se demande simplement s'il faut remplir son frigidaire, mais de quelle sorte de boisson, au cas où il aurait soif?

Il revient la semaine suivante.

— Je me suis fait plaisir, avoue-t-il avant de lui montrer les fameuses «esquisses».

Il explique qu'il n'a jamais eu de jardin à lui, qu'il habite un studio en ville, sans même un balcon, que les seules plantes qu'il cultive sont des aromates pour la cuisine. Alors il s'en invente à travers ses clients.

— Voilà ma série monochrome : un tout bleu, un tout blanc, un tout vert. C'est faisable, avec de la science et de la patience.

Elle prend les dessins, se retrouve soudain en Toscane, dans les allées de la villa qu'ils avaient louée pour un mois, tout ce vert, tous ces verts, les prairies, les bois tout autour, jusqu'à la surface du petit bassin couverte de lentilles d'eau.

— Non, dit-elle en les lui rendant, sans vouloir être trop brutale.

— Non, bien sûr.

Il sourit.

— Je les ai toujours avec moi. Par plaisir égoïste, je vous l'ai dit. Mais ça n'irait pas pour ici. Ici...

Il se dirige vers la véranda.

— Vu ce que vous avez en tête et la brièveté du calendrier, il faut ce qu'on appelle chez vous : un jardin de curé. Le fouillis, vous savez, le jaillissement, le désordre — attention : mais savant.

Il ouvre la porte-fenêtre.

— Avant de choisir le possible, il faut connaître le probable.

Elle le voit enlever ses bottes, puis ses chaussettes, les poser contre le perron.

— Ce que j'entends par : probable, c'est ce qui se cache peut-être là-dessous.

— Justement...

Elle le rejoint, tout heureuse de participer.

— J'ai découvert ça l'autre jour.

Elle lui montre les petites dents qu'elle avait senties sous son doigt. Il se penche, touche à son tour.

— Des crocus. C'est leur saison. Ici, en fin d'hiver, quand les écoles ferment, on appelle ça : les vacances de crocus.

Il fouille un peu plus loin.

— C'est ce que je pensais. L'éventualité du

probable s'affirme. C'est pour ça que je suis pieds nus, pour ne rien écraser, et je vais dégager votre espace à la main. Le râteau serait meurtrier.

Elle va lui chercher la poubelle verte, puis s'assied sur le perron, les mains aux genoux. Elle le regarde. Le plaisir qu'elle en attendait se confirme. Il est à quatre pattes, avance lentement. Il est souple, secret, sans âge. Il a des gestes d'infirmier. Ce qu'il touche à travers les débris de feuilles reprend vie aussitôt. À mesure qu'il avance, il dégage de petites plages qui se rejoignent peu à peu, dans un mouvement de vagues paisibles. Elle aimerait l'entendre parler. C'est si neuf, une voix, dans ce cadre. Derrière les murs de la clôture le silence est palpable — comme si le quartier écoutait. Elle a peur de troubler son travail, mais la tentation est trop forte.

— Une question, si vous permettez.

Il répond sans tourner la tête :

— Si c'est pour le devis, je vous rassure tout de suite, madame. Chez nous, tout ce qui touche à l'horticole c'est pratiquement pour rien.

— Non, non, je voulais...

Elle ne sait plus. Une autre fois. Il vient d'atteindre la cabane, montre le loquet.

— Je peux ?

— Bien sûr.

Il entre, ressort très vite avec les vieux outils de jardinage.

— Je vais vous les remettre à neuf, et ce qui manque, je l'apporte.

Il retraverse le jardin sur la pointe des pieds.

— Aujourd'hui, j'arrête. Mais si vous êtes d'accord, je reviens demain. J'aurai plus de temps.

Il lui fait une petite grimace complice.

— Ce sera un piège pour de beaux gibiers.

Elle se lève brusquement, regagne la véranda, comme pour lui laisser la place de se rechausser librement. Mais c'est l'expression qui la trouble. Quel beau gibier? Celui qu'elle traque depuis le départ de son frère, qu'elle voudrait capturer et soumettre, elle commence à l'entrevoir, sans oser encore lui donner son nom. Dans les alliances qu'il a nouées avec la terre, ce Clarence l'aurait-il compris avant elle? Elle refuse de se dire : méfie-toi. Simplement : sois prudente. Assis sur le perron, en train d'enfiler ses bottes, elle l'entend demander :

— Votre question, tout à l'heure, c'était quoi?

— Rien d'important.

— Posez-la quand même.

— C'est votre façon de parler notre langue qui m'intrigue. Comment l'avez-vous apprise?

Il sourit.

— À travers une chaîne de petites Françaises. Qui se transmettent mon adresse. Elles débarquent toujours en été, à cause de la plage. L'été, pour moi, c'est bien. Les jardins n'ont besoin de rien, sinon de tuyaux d'arrosage. Alors j'ouvre quand j'entends sonner.

Il se lève, sort un chiffon de sa poche pour enrouler les vieux outils.

— Savez-vous qu'elles arrivent parfois à plusieurs?

Il rit franchement, cette fois. Un rire auquel elle ne résiste pas. Piège, peut-être, mais rassurant.

— Comment faites-vous?

— Le lit est grand.

Elle ne connaît pas l'écriture, mais en remarquant que la lettre est timbrée de Colmar, elle se dit : «Agnès». Elle parcourt d'un œil distrait.

Chère Tita, Papa m'a dit que pour l'appartement... tellement généreux de ta part... comment te remercier...

Pour un peu, elle se demanderait : «Quel appartement?» Le vide s'est fait de lui-même. Ce qui la rattachait à certaines obligations de famille ne tient plus. Elle se doit d'être avare : rien qui encombre, rien qui pèse. Ses amis eux-mêmes, très clairsemés depuis qu'elle connaît Steve, appartiennent à une autre vie. Ici, elle n'a besoin que d'alliés provisoires. Dont Clarence, pour le moment. En pensant à lui, elle va au supermarché acheter un pack de bière, puis elle l'attend en paix, assise sur le perron. Elle se souvient du premier soir, de l'angoisse qu'elle a ressentie en mesurant les quatre coins de son domaine. Aujourd'hui elle le trouve trop grand. Elle le voudrait impénétrable pour retenir son beau gibier.

Clarence lui apporte un gros livre, avec une liste de propositions.

— Je vous ai mis le nom des plantes en français, explique-t-il en enlevant ses bottes, et le numéro de la page où vous trouverez leur image. Faites tranquillement votre choix. On en parle dès que j'ai fini mon déblai.

Elle feuillette le livre. Des images superbes, des couleurs à rêver, tout ce qu'invente un paradis. Mais elle revient vite à Clarence, aux petites plages qu'il découvre, son lent parcours d'explorateur. Au bout d'un long moment elle va chercher le pack de bière.

— Si vous avez soif, dit-elle.

Il vient d'escalader la petite cabane. Debout sur le toit de plastique, il attaque la vigne à coups de sécateur. Il passe la tête à travers les rameaux.

— Vous dites ?

Elle lui montre la bière.

— Je dis : si vous avez soif.

Il saute du toit comme un chat, rebondit en se recevant sur les mains et, le visage contre terre, souffle sur un reste de feuilles. Puis il fait signe.

— Venez voir.

Il a parlé si bas qu'elle le rejoint en hésitant, à petites enjambées malhabiles.

— Là, dit-il en pointant le doigt.

Ce qu'il lui montre est un point blanc au bout d'une tige fragile, mais si droite pourtant, si fière d'avoir percé le sol, que cet œil minuscule semble les toiser avec insolence.

— Votre premier-né, dit Clarence. Un perce-neige.

Il se relève.

— Franchement, il n'était pas dans mes probables. Je pensais aux iris, aux jonquilles, aux jacinthes, aux tulipes bien sûr, et il y en aura plus que vous n'en souhaitez, mais ce mouflet-là...

Elle rit.

— Le premier caillou sur la piste.

Il décapsule une boîte de bière, boit longuement, sort une cigarette de sa poche.

— Je peux?

Elle fait signe que oui, se penche vers le briquet, sourit à la flamme comme s'il s'agissait d'un tour de passe-passe, et murmure :

— Un quart d'heure de vie en moins.

— Pardon?

— Ça va vite, si on fait le compte. Quatre cigarettes, une heure de perdue. Cinq pour un paquet. Pour une cartouche, deux jours.

— Et alors? demande Clarence, étonné.

— Alors rien, c'est une hypothèse des médecins. Mais les dames aux ciseaux s'en moquent.

Elles tranchent le fil quand elles veulent. Prenez la famille de ma mère. Ils étaient cinq enfants, quatre filles à la suite et plus tard un garçon. La mort les a pris à l'envers. Le garçon d'abord, noyé en mer, la plus jeune des filles ensuite, morte en couches, la troisième d'un cancer. Restaient les deux aînées. Elles se sont défiées longtemps, à qui céderait la première. Ma mère a passé la main à quatre-vingt-treize ans. À cent deux, l'aînée triomphait. Mais à ceux qui venaient la voir, elle soupirait : «C'est bien long.»

Clarence est resté immobile, sans pencher la tête, peut-être même sans écouter. Elle le sent indécis, pour la première fois depuis qu'ils se connaissent. Elle secoue la tête.

— Ne faites pas attention. Je parle pour parler.

Il termine sa bière, repose doucement la boîte et regagne le fond du jardin, sans un mot, en faisant un léger détour pour éviter le perceneige. Elle dit pour elle-même :

— Oui. Pour le plaisir d'entendre parler.

Elle reprend sa place sur le perron.

— Si vous saviez comme elles sont patientes. Assises, à regarder leur montre, à se demander qui viendra. Elles se sont cramponnées longtemps à leurs meubles, mais elles sont devenues trop fragiles. On les a rangées sur une étagère avec d'autres, en ne leur laissant que leur sac. Elles y fouillent parfois pour chercher leur iden-

tité. Quand vous arrivez, elles disent : «Je vais
là un moment, tu sais bien.» Lorsqu'elles en
reviennent, il faut vérifier le gant de toilette.
Elles regardent par la fenêtre. «Dans une pièce
qu'ils ont là-haut, ils m'ont fait asseoir sur une
bicyclette. Ça aide à irriguer le cerveau, paraît-
il.» L'infirmière passe avec un plateau. «Au
dodo, mes jolies, c'est le marchand de sable.»
Elle distribue les somnifères. Elles finissent par
s'endormir. Elles rêvent qu'elles s'évadent avec
leur bicyclette et qu'elles rentrent chez elles. Le
matin, elles découvrent leurs mains sur le drap.
Elles se demandent : «À quoi ça sert?» Si les
médecins croyaient à leurs calculs et avaient un
semblant de cœur, ils leur donneraient, de
temps en temps, une petite cigarette en douce
— tenez, madame, buvez donc une tasse de
fumée, comme on disait autrefois.

Elle a fermé les yeux.

— Une euthanasie grise et bleue... Vous
imaginez la tendresse...

Elle sursaute. Il est là, devant elle.

— Eh bien, eh bien..., murmure-t-il.

Elle lui touche la main, sent la terre.

— Ce n'est rien.

Elle se redresse.

— Où en sommes-nous?

— J'ai terminé.

— Alors, quand? Demain, pour la suite?

— Et les plantes?

Il montre le livre.

— Pour mes achats, il faut que vous soyez d'accord.

Elle lui touche la main de nouveau.

— Achetez, achetez, tout est bien.

Elle voudrait être seule. Elle voudrait qu'il s'en aille. Mais elle voudrait en même temps qu'il revienne déjà.

Il doit le sentir, car il ramasse très vite ses chaussettes, ses bottes et son livre et s'en va pieds nus en disant :

— Le plus vite possible.

Dès qu'elle entend la porte se fermer, elle s'allonge dans la véranda. Ce n'est pas la fatigue. C'est le plaisir qu'elle a ressenti en parlant. Au-delà même d'un plaisir : un besoin. Comme si, derrière les images de sa vieille tante centenaire, une certaine vérité cherchait à se faire jour. Vérité tout juste entrevue, mais qui la concerne. Elle pense : « C'est la digue que je consolide. La mer aura beau m'assiéger, je tiendrai. »

19

Il tarde, mais elle lui fait confiance. En
l'attendant, elle s'attendrit sur l'insolence du
perce-neige. Pour un peu, elle bêtifierait. Les
autres dents, qu'elle ose toucher du doigt
maintenant, s'affermissent. Chaque jour, il en
sort de nouvelles. Elle pense aux petites encoches sur la porte de la cuisine, qui prou-
vaient à leur mère qu'Alain grandissait. C'est
le même calcul rassurant. Et le jeudi suivant,
quand les éboueurs vident enfin sa poubelle
verte, elle sait qu'ils emportent un grand poids
de désordre avec eux.

Elle reprend ses stations immobiles, veillée
par l'œil du paon, mais ce n'est plus de la torpeur. Elle admire son jardin nettoyé, cette
plage encore vierge, avec son gazon détrempé,
ses trous d'eau, et elle imagine, elle invente, en
pensant aux cinq mois qui lui restent. «Fonc-
tionnera-t-il à temps?» Le vendredi suivant,
lorsqu'une camionnette s'arrête devant chez

elle, elle croit d'abord que c'est Yann. Mais c'est une jeune femme aux cheveux violets, qui dépose sur son paillasson quelques cageots remplis de petits pots noirs en plastique, demande une signature sur un bordereau, se contente de dire : «Clarence» et s'en va.

— Tout ça?

Elle transporte les cageots dans la véranda, compte les pots, arrive au chiffre quatre-vingt-sept, qui lui paraît si excessif qu'elle refait son compte avec soin, mais le chiffre est exact.

— Tout ça? répète-t-elle.

C'est d'autant plus difficile à comprendre que la plupart des pots sont vides. Elle découvre une pointe ici ou là, une amorce de feuille, des bâtonnets fragiles.

— Un faux-semblant?

Clarence sonne de très bonne heure le lendemain.

— Ma messagère a-t-elle livré?

— Tout est là.

Il sort les pots un à un, les observe avec attention, les effleure du doigt, les respire. C'est un long travail silencieux. Elle le sent méfiant, attentif, mais tendre en même temps, presque ému parfois lorsqu'en égratignant la terre il fait surgir sous son ongle un point vif.

— Maintenant, dit-il, je fais ma mise en place.

D'après son horloge d'enfants, il est un peu plus de huit heures. L'école vient de fermer ses portes. Elle regagne sa chambre, fait couler un bain, prend son temps. Elle préfère se tenir à l'écart. Elle sort lorsqu'elle est prête, renouvelle son stock de bière — on ne sait jamais —, achète quelques journaux français, qu'elle découvre ce matin-là, retrouve une maison tellement silencieuse qu'elle monte dans sa chambre sur la pointe des pieds et se glisse sur le balcon. Clarence est à genoux, les quatre-vingt-sept petits pots autour de lui, et il les place, les déplace, les avance, les recule, comme s'il jouait aux dames, avec des temps de réflexion, des hochements de tête, une main qui hésite avant de plonger vers la bonne case, et ce qu'elle prend d'abord pour des grognements irrités, mais elle finit par comprendre que ce sont des mots.

— Ma parole, mais il leur parle !

Elle rit sans le vouloir, et elle le voit tourner la tête, comme réveillé en sursaut.

— Pardonnez-moi, dit-elle, je pensais...

C'est si inattendu, si différent de ce qu'elle croyait éprouver, qu'elle se sent obligée de tout dire.

— Je pensais aux Vosges Centrales.

Et elle referme la fenêtre.

— Surtout ne les bousculez pas. Ne faites pas comme certains de mes clients, qui leur aboient aux trousses comme des chiens de berger : «Plus vite, plus vite, fleurissez plus vite!», et qui disent après : «Clarence m'a menti.» Elles ont un temps de croissance, qui diffère de l'une à l'autre, et que vous devez respecter. D'autant qu'il faut compter avec les aléas : la pluie, le vent, une petite gelée perverse.

— Je n'aboierai pas, dit-elle. C'est promis.

Elle sourit à sa plage toujours déserte, qui bouge déjà par endroits. C'est une surface onduleuse maintenant, sous le regard du perce-neige.

— Je n'ai travaillé que sur les vivaces, continue Clarence. Pour les annuelles, je laisse passer les derniers froids. On y reviendra dans un petit mois. J'en profiterai pour tailler ce rosier, là-bas, qui m'a tout l'air d'avoir des envies de grandeur. D'ici là, je passerai pour des inspections régulières. Défendez-vous d'intervenir, même si ça vous démange. Par contre, parlez-leur. Elles aiment.

— Je leur parlerai. C'est promis.

Clarence a mis longtemps à fignoler sa mise en place. Il fait presque nuit. Elle propose :

— Si on fêtait ça avec le peu que j'ai ?

Elle va dans sa cuisine, en rapporte du fromage, des fruits, du pain et deux assiettes, qu'elle pose par terre.

— C'est toute ma fortune. Je manque même de chaises.

Ils s'asseyent dans la véranda, l'un en face de l'autre. Elle pense à des conspirateurs, aux secrets qu'ils échangent, à ce piège, derrière les vitres, qu'ils viennent d'amorcer ensemble, qu'elle entend déjà se fermer.

— Juillet, dit-elle à mi-voix.

Une question qu'elle hésite à poser, pour ne pas heurter sa confiance. Il l'entend comme un mot de passe.

— Juillet. C'est promis.

Et, après un petit silence :

— Où les trouve-t-on, ces Vosges Centrales ?

Ce qui la surprend. Ils étaient si loin l'un de l'autre, lorsqu'elle avait dit ces trois mots.

— Oh ! c'est une longue histoire.

Il sourit.

— Personne ne m'attend.

Elle sourit à son tour.

— Alors, embarquons.

Il va chercher le fauteuil en osier, l'oblige à s'asseoir. Puis il coupe un morceau de fromage et s'adosse au mur, jambes repliées, pour laisser la place au récit.

— Ma mère, annonce-t-elle.

Sa voix s'anime, mais garde un ton de confidence, parce que la nuit est là.

— Dix-neuf ans. Intéressée, je dirais plus : très attirée par un jeune homme qu'elle a rencontré au skating. Des amis communs les présentent. On échange un sourire, quelques mots, rien de plus, mais ce visage lui reste en tête, et elle se dit qu'un jour, peut-être... Et ce jour arrive, bien sûr, sinon je n'aurais rien à vous raconter. Donc, un jour, en rentrant chez elle, elle croit reconnaître une silhouette arrêtée face à son immeuble, devant la vitrine des Dames de France. Elle monte ses quatre étages en courant, se précipite dans sa chambre qui donne heureusement sur la rue, soulève son rideau. C'est bien lui. Son jeune homme du skating. Dos tourné, immobile, fasciné par la vitrine. Au bout de cinq longues minutes, il enfonce les mains dans ses poches et s'en va, sans tourner la tête. Vous imaginez la méfiance de cette jeune fille de dix-neuf ans, qui n'a pas le don de croire aux miracles. Elle se dit : «Hasard», et laisse retomber son rideau.

Elle se penche vers Clarence.

— Ne m'en veuillez pas si je me perds dans les détails, mais j'existe à partir de là, vous comprenez? De ce hasard, qui n'est pas un hasard, qui se reproduit le lendemain et le surlendemain de façon identique. Mon père arrive à cinq heures pile, s'arrête devant la même vitrine, dos tourné, y reste cinq minutes et s'en va. Il devait être charmant, à l'époque. J'ai gardé longtemps des photos de lui, mince, l'œil vif, la petite moustache. Je comprends que ma mère en rêvait. Voulez-vous savoir le plus surprenant? Ils avaient le même âge, dix-neuf ans, et la même date de naissance. Oui, mes parents étaient jumeaux. J'y pense parfois avec jalousie. Découvrir d'instinct, sans savoir, celle ou celui...

Elle regarde un moment la plage d'ombre du jardin, puis la rue, qui devient visible derrière la vitre, car les réverbères se sont allumés.

— Bon. J'abrège. Comme ça continue la semaine suivante, même heure, même vitrine, ma mère finit par se dire : ni hasard, ni coïncidence : un manège pour éveiller mon attention. Et comment faire savoir... Oh! à propos de la vitrine, ma mère s'est longtemps demandé ce qu'elle avait de fascinant : c'était celle des manteaux de fourrure. Il lui expliquera plus tard qu'il s'en servait comme d'un miroir, car la fenêtre de sa chambre s'y reflétait et il l'apercevait derrière son rideau. Donc, comment faire savoir que l'attention est éveillée? Se montrer.

D'un geste, elle demande à Clarence de lui envoyer une pomme.

— Merci. C'est ici qu'intervient le jeune frère dont je vous parlais l'autre jour, vous vous souvenez? Celui qui est mort noyé. Il avait neuf ans à l'époque, et ses grandes sœurs lui faisaient réciter ses leçons, le soir, à tour de rôle. J'ajoute, détail important, que l'appartement avait un balcon sur la rue. Donc, un soir, un peu avant cinq heures, ma mère pousse son jeune frère aux épaules. «Regarde comme il fait beau. On sera mieux sur le balcon.» Elle s'assied tout contre la balustrade, le buste droit, la tête haute, pour qu'on la voie de loin. Devant la vitrine, le vide. «C'est quoi, ce soir mon chéri? — Géographie», annonce le frère en lui tendant son livre. «Parfait. Commençons par les fleuves. Il y en a combien? — Cinq. — Exact. Qui sont?» Le jeune frère prend sa respiration et défile d'une traite : «La Seine, la Loire, la Garonne, le Rhône et le Rhin.» Mais qu'est-ce qui lui prend de répondre aussi vite? D'habitude, il n'en finit pas d'hésiter. Elle est désemparée. Cinq heures viennent de sonner et personne ne se pointe. «Quoi, quoi, quoi? dit-elle. Je n'ai rien entendu. Redis-moi ça plus calmement.» Le jeune frère, écœuré, répète le nom des fleuves à tue-tête, et, miracle! sur : *la Garonne*, le jeune homme paraît enfin.

Elle mord dans sa pomme et se lève. Elle a besoin de bouger, de jouer, d'imiter les voix et les gestes, un plaisir oublié depuis trop longtemps, comme pour aider sa mémoire.

— Entendant cette voix d'enfant qui semble descendre du ciel, mon père lève la tête, découvre le balcon, et ma mère, l'œil en biais, qui s'en aperçoit, n'a qu'une seconde pour se dire : «Fais comme si de rien n'était, mais pour être sûre qu'il te remarque, penche-toi carrément vers la rue.» Et je la vois très bien poser son coude sur la balustrade, s'y appuyer, la joue dans la main, et déclarer d'une voix aussi claironnante que celle du jeune frère : «Parfait, mon chéri, bravo pour les fleuves. Passons aux montagnes.» En bas, plus question de manteaux de fourrure. On est arrêté à l'aplomb du balcon, le visage toujours levé. «Combien avons-nous de montagnes? — Cinq. — Autant que de fleuves, en effet. Et qui sont?» Elle pourrait croire que le jeune frère est au courant de tout, car il perd brusquement la mémoire et soupire des *euh...* et des *euh...*, qui sont à l'embrasser. En bas on regarde toujours, mais comme on porte un canotier, qui était à la mode cette année-là, on a le visage dans l'ombre. «Allons, mon chéri, un petit effort. Au lieu de *euh... euh...* dis plutôt : *Ju... Ju...* — Le Jura! hurle le petit frère. — Oui. Après le Jura, le *Ma... Ma...?*» Une main a saisi le bord du canotier et le soulève, découvrant un sourire éclatant. «Le Massif! — Oui, oui. Après le Massif, les *Vos... Vos...?*» Avec un grand geste du bras, mon père s'incline jusqu'à terre, pendant que, là-haut, l'enfant crie de toute sa voix : «Les Vosges Cen-

trales ! — Oui, oui, oui ! » Elle crie, elle aussi :
« Oui, oui, oui ! », et elle se plie en deux sur la
balustrade, au risque de tomber dans la rue,
pendant que le jeune homme s'éloigne à recu-
lons, en agitant son canotier. Alors, sans pou-
voir s'arrêter de rire, elle se jette sur son petit
frère et lui donne de petites claques avec le livre
de géographie, en disant : « Qu'est-ce que tu
nous racontes avec tes Vosges Centrales ? Tu as
perdu la tête, ou quoi ? »

Elle rit, et comme elle entend rire Clarence
en écho, elle s'approche de lui, le regarde dans
la pénombre et demande, avec quelque chose
d'anxieux et d'émerveillé dans la voix :

— Ce sentiment-là, l'impression qu'on a pris
la Terre à deux mains pour qu'elle tourne dans
l'autre sens, et qu'on marche enfin sur la tête,
vous l'avez déjà éprouvé ?

— Des dizaines de fois.

— Alors, ce n'était rien. Moi, je parle de deux
montagnes, avec leur cargaison de rochers, de
crevasses et de neiges éternelles, qui soulèvent
leurs jupes et changent de place l'une avec
l'autre. Ça, jeune homme, ça n'arrive qu'une ou
deux fois dans une vie... Et encore...

Elle retourne à son fauteuil, et pendant un
moment, il semble que la maison soit vide, que
tout ait basculé au-delà des fenêtres, vers cette
rue qui lui reste étrangère. Elle sait que le com-
plot s'achève, que les liens se dénouent, qu'il
ne reviendra plus, sinon pour de petits tra-

vaux de surveillance et d'entretien, qu'elle n'aura plus rien à imaginer dans ses longs moments d'insomnie. La digue résistera-t-elle? Qui l'empêchera d'être submergée? Clarence est toujours dos au mur. Il s'est mis à genoux comme pour se lever, mais il ne se lève pas. Ce qu'elle aimait en lui, c'est son refus de paraître étonné. Mais là — peut-être parce qu'il sent comme elle que les liens sont rompus —, il l'est visiblement. Il attend quelque chose. Une explication qu'elle lui doit, bien confuse encore pour elle-même, mais qu'elle essaie de clarifier en se servant du mot de passe.

— Juillet, dit-elle.

Il se lève.

— Si j'ai repensé aux Vosges Centrales, c'est que de là-haut, moi aussi, en juillet, de mon balcon, si le piège fonctionne...

Clarence détourne le visage pour lui permettre d'achever.

— ... je verrai quelqu'un s'arrêter.

21

Après le départ de Clarence elle reste assise longtemps, son fauteuil tourné vers la rue. La lumière qui joue à travers la vitre n'éveille que des reflets d'ombre. Elle a l'impression d'être dans une cave, un tunnel plutôt, resserré, noirâtre. Un tunnel de *tristesse*. Le mot vient de lui-même. Si quelqu'un passait dans la rue, pourquoi s'arrêterait-il ? La maison semble à l'abandon. Rien n'y attire l'œil. Et même si l'essai de jardin réussit, s'il finit par flamber, il flambera trop loin, dans un cadre si désolé que personne ne le verra. Elle sort pour s'en assurer, fait quelques pas, revient, s'éloigne encore et murmure chaque fois qu'elle tourne la tête :

— Triste. Vraiment trop triste.

Le lendemain, elle téléphone à Kees.

— Ce problème de peintures à refaire, vous vous en souvenez ? Demandez au propriétaire s'il est toujours d'accord.

Kees revient deux jours plus tard.

— Il est d'accord. Moitié-moitié. Il vous laisse le choix des couleurs et de l'importance des travaux. On repeint tout, si vous voulez.

— La pièce du bas suffira. La chambre, à la rigueur. Le second étage, à quoi bon ?

— Encore une fois, vous décidez.

Kees est accompagné d'un peintre avec lequel l'agence a l'habitude de travailler. Ils sont tous les deux à ses ordres. Elle demande que ce soit chaud, lumineux, velouté, d'un éclat qui refléterait la moindre lueur de la rue. Pour la véranda, par contre, elle la voit comme un cadre, des montants foncés, vert wagon, noir peut-être, qui découperaient le futur jardin en tableaux verticaux. Le peintre a sorti ses échantillons de couleurs. Kees sert d'interprète et ils se mettent vite d'accord. Après avoir pris ses mesures, le peintre promet un devis dans les vingt-quatre heures et propose de commencer dès le lundi suivant.

— Parfait, dit-elle.

Et, à Kees :

— Je vous laisse un double des clefs. Pendant les travaux je pars en voyage.

Le dimanche après-midi, elle fait sa valise et prend un tramway pour gagner l'hôtel où son frère était descendu. En entrant dans la chambre, elle en reconnaît l'odeur aussitôt — un mélange de savon à l'iris, de vernis, de moquette, comme la plupart des chambres d'hôtel. La même profusion de couleurs — le papier peint des murs, les rideaux de cretonne, les coussins et le couvre-lit assortis — et la même profusion de lampes, de petites tables, de corbeilles à papier, de cendriers, de vases à fleurs, jusqu'au carré de chocolat sur l'oreiller. Elle a un moment d'éblouissement, l'impression d'étouffer après sa cellule de moine. Elle ouvre la fenêtre, découvre une place plantée d'arbres que domine sur la gauche un petit palais vert et or. Elle se souvient d'une phrase de son frère à propos de l'impératrice Eugénie, de calèche, de lévriers. C'était ici, peut-être, à cette même fenêtre, dans ce même silence de fin d'après-midi. Oh ! Steve, tout est si ancien et si beau. Elle descend de sa chambre, traverse la place, arrive au bord d'une pièce d'eau. Le bâtiment qui s'y reflète est un musée — celui de leur prochaine rencontre. Elle le sait pour avoir consulté son plan. Elle ne va pas plus loin, s'assied sur un banc, regarde les canards, l'îlot minuscule où niche un héron, le jet d'eau. Elle se sent perdue, en vacances.

— Je vais dépenser mon argent, se dit-elle.

Celui que son frère lui avait apporté, qu'elle a laissé dans son enveloppe.

— Puisqu'on repeint ma maison, je vais me repeindre, moi aussi. J'ai besoin de robes neuves pour le mois de juillet, de chapeaux, de chaussures. J'irais même jusqu'à des gants.

Elle regagne l'hôtel, dîne au bar d'une salade, monte dans sa chambre. Il y a un sous-main en cuir sur la table. Elle y trouve du papier à lettres à en-tête. Elle écrit :

Dear Steve, les années précédentes je t'attendais quai de la Tournelle et nous partions ensemble. Cette année, je pars la première. Où que tu sois, il te faut plus de temps pour me rejoindre. Alors je te montre la route. Ici, tout est si ancien et si beau que rien ne pourra t'empêcher de venir. Je me tiens en dormant, désormais. Oui, pour t'attendre, je me tiens le corps à deux mains, comme tu m'as tenue si souvent. Ici, la mort n'a pas de sens. Je commence à vivre pour deux.

Le papier avec son en-tête royal est doux sous sa main, d'un grain qui lui plaît.

Steve, tout était confus dans ma tête. Tout se remet en place. J'ai eu des instants d'oubli, des instants de grand désespoir, mais ils sont derrière moi. Quand je parle de tes mains, tu n'essayais pas de me retenir. J'étais libre comme tu l'étais. Tu m'éveillais, c'est différent. Combien de gestes avons-nous inventés ? Si je les évoque, ce soir, c'est pour qu'ils me protègent. Et Dieu inventa un poisson pour avaler Jonas. *Voilà où j'en suis. Je m'enfouis en lui et en toi.*

Elle ferme le sous-main, se couche, éteint les lampes. L'obscurité la rassure. Cette chambre est en terrain neutre. Elle écoute les pas dans le

102

couloir, les portes qui se ferment et s'endort en pensant : «Bientôt...»

Le lendemain elle explore les rues commerçantes, étudie et compare les vitrines, entre dans certains magasins pour regarder de plus près, mais sans rien acheter. Elle s'amuse à s'imaginer différente, dans des tissus nouveaux, des couleurs qui la surprennent. L'après-midi, elle demande au barman de l'hôtel comment faire pour aller à Delft.

— En tramway, madame. Prenez le n° 1. Il met une petite demi-heure.

Le soir, elle reprend sa lettre.

Dear Steve, aujourd'hui, j'ai bougé. Sur les conseils du barman, j'ai été jusqu'à Delft. C'est la ville des carreaux de faïence, tu le sais mieux que moi. C'est aussi une ville de vieilles demeures assoupies au bord des canaux. J'ai marché longtemps. J'ai pensé à nous. Quand tu seras là, tu m'expliqueras la lumière, ce qu'elle représente, ce qui reste de celle d'autrefois après les travaux de dragage, et l'endroit où était planté le chevalet de Vermeer.

Elle détache ce nom, l'écrit au milieu de la page, en majuscules. Le premier signal qu'elle lui envoie, une petite lumière qui clignote. Elle ajoute, en post-scriptum : *Demain, Leyden.* Et elle se couche.

Le lendemain, à son réveil, il fait un soleil de printemps.

— J'ai besoin d'un chapeau, se dit-elle.

Elle en essaie plusieurs, se décide pour une paille souple, à grands bords, et elle rit en se regardant dans la glace. En rentrant le soir elle écrit :

Dear Steve, heureusement que j'avais un chapeau. Je suis montée dans un bateau avec un groupe de touristes. Il nous a fait faire le tour de la ville, en passant d'un canal à l'autre. Le soleil était si brillant que j'ai encore les yeux brûlés. Nous avons longé le Jardin botanique. Des jeunes gens dormaient sur les pelouses. J'ai aperçu des arbres si vieux que leurs branches touchaient terre. Une fois revenue à quai, j'ai demandé où se trouvait la maison natale de Rembrandt.

Là encore elle écrit le nom en majuscules, au milieu de la page. C'est un second signal, plus insistant que le premier, qui se réfère à un travail en cours, une étude commencée depuis des années, constamment repoussée et reprise, et qui devait trouver son achèvement cet été.

Il commence à pleuvoir. Une pluie qui dure deux jours. Elle reste dans sa chambre, allume la radio, cherche un programme musical et l'écoute avec étonnement, comme si son oreille lui était rendue après des mois de surdité.

Dear Steve, j'ignore ce que j'écoute. Un speaker parle entre les plages de musique, mais je ne com-

104

prends pas ce qu'il dit. Peu importe. Ce que je
retrouve peu à peu, c'est l'envie d'écouter, le plaisir
d'écouter, un plaisir purement physique, qu'on sent
sur la peau. Si tu étais là, si tu me touchais simple-
ment le bras, tu le sentirais.

La pluie cesse le troisième jour, et se change
en brouillard. Lorsqu'elle ouvre ses rideaux,
elle ne voit plus la place, ni le palais vert et or.
Tout a disparu sous un voile opaque. Elle se
souvient des feux d'automne à Londres, des
feuilles mortes qu'on brûlait dans la lumière
jaune de septembre. Elle se dit : «Il me répond
peut-être.» Elle achète dans la matinée ce
qu'elle a choisi les jours précédents. L'après-
midi, elle retourne s'asseoir près de la pièce
d'eau. Elle ne voit ni les canards, ni l'îlot
minuscule. Elle n'entend que le bruit assourdi
du jet d'eau. Elle regarde vers le musée. Des
ombres sortent du brouillard, prennent forme
en venant vers elle. Elle les observe attentivement. Le soir, elle écrit :

Dear Steve, je t'ai vu venir. Tu portais cet
imperméable acheté à Londres, une casquette que je
ne connaissais pas, des bottes qui montaient si haut
sur la jambe qu'elles retenaient ton pantalon. J'ai
quitté mon banc. Je me suis avancée vers toi en ten-
dant les mains, trop maladroitement sans doute car
ça t'a effrayé, et tu t'es transformé en quelqu'un de
très gros, avec un uniforme, un garde forestier je

pense, qui a soulevé sa casquette en m'apercevant.
Je lui ai souri par admiration pour ta ruse. Je rentre
demain. La maison est repeinte à neuf.

Elle signe, plie la lettre, la met sous enveloppe, inscrit sa propre adresse :

Steve Headway
c/o Mme Demesne

Elle lui a toujours écrit ainsi, par des voies
détournées, à New York chez son éditeur, sous
prétexte de traduction, pour que rien ne trouble
la malade de Spartanburg. Le lendemain, elle
règle sa note, et pendant que le groom appelle
un taxi, elle va glisser l'enveloppe au fond du
hall, dans la boîte rouge du courrier.

22

Elle s'approche en tremblant du jardin, et ce qu'elle aperçoit la fait rire tout haut. Entre les montants vert sombre de la véranda, le tapis de crocus que Clarence lui avait annoncé a fleuri pendant ses vacances. Épais, touffu, de plusieurs tons soyeux qui se mélangent. Elle descend vers lui, l'effleure de la main, puis s'assied sur le perron pour mieux l'admirer. La lumière joue sur lui, une lumière d'avant-printemps, un peu voilée, presque immobile. Lorsque Kees sonne une heure plus tard pour lui rendre ses clefs, elle a le visage tellement radieux qu'il s'y trompe.

— Si je comprends bien, vous êtes contente ?

— Très contente.

Elle l'entraîne vers le jardin.

— Regardez comme c'est frais.

— Mais la peinture ? Êtes-vous contente de la peinture ?

— Ah ! la peinture... Je viens tout juste d'arriver. C'est sûrement très bien. Attendez...

Elle touche un mur.

— C'est très blanc.

— Trop?

— Je ne dis pas : trop. Je dis : très.

Elle lui sourit.

— Mais c'est bien.

Ce soir-là, elle ouvre un long moment la fenêtre de sa chambre pour chasser l'odeur de peinture. Penchée sur le balcon, elle distingue à peine le jardin, mais elle sent les mouvements souterrains, les merveilles qui se préparent, auxquelles elle aura droit si elle est patiente.

— Souviens-toi du conseil de Clarence : n'aboie pas.

Le lendemain, elle regarde mieux sa peinture. Elle la trouve trop lisse, trop sage. Elle regrette les petits renflements qu'elle prenait plaisir à gratter, qui s'effritaient sous ses doigts.

— Un peu d'ombre, peut-être, et je lui donne du mystère.

Elle croyait tenir à ses vitres nues, mais pour effacer l'impression de lessive qui sèche, de draps qui claquent au vent, elle décide d'encadrer la fenêtre par des pans de rideaux du même vert que la véranda. Clarence, qui vient s'occuper du rosier quelques jours plus tard, la trouve à genoux dans sa grande pièce, en train de tailler des étoffes.

— Je m'habille, dit-elle. Plus exactement mes fenêtres.

Elle pose les ciseaux, l'accompagne dans le jardin où pointent les premières tulipes.

— Vous savez que je tiens mes promesses. Je leur parle tous les matins.

Il ausculte la terre, glisse un doigt sur l'envers des feuilles.

— Elles vous entendent.

Il va chercher dans la cabane un jeu de sécateurs et travaille en silence. C'est comme un pacte entre eux, depuis cette soirée secrète où elle s'est livrée. Elle écoute le petit claquement des lames, ce savoir-faire si sûr de lui. Lorsqu'il a terminé, il dit simplement :

— C'est encore trop tôt pour les annuelles. Vous me reverrez dans un mois.

Mais avant de partir, il vient s'accroupir dans la véranda, le regard à hauteur des montants, lui fait signe de le rejoindre. Elle s'accroupit à côté de lui, ne voit rien derrière les fenêtres que les arbres de la clôture. Il tend le doigt pourtant, lui fait découvrir trois petites têtes vert pâle, qui se hissent au ras de la vitre et semblent les chercher.

— Vous voyez, dit-il à mi-voix. Ça pointe.

Elle retourne à l'hôtel, le soir même, pour l'écrire à Steve.

Dear Steve, ça pointe. Le jardin devient un jardin...

Il y a de petits cabinets de lecture où elle peut s'enfermer, avec ce qu'il faut de papier à en-tête, et le silence n'y est troublé que par les journaux qu'on déplie. C'est un plaisir un peu amer d'entretenir cette correspondance. En recevant sa première lettre elle a eu un moment de frayeur, comme si c'était un courrier en retour, qu'on lui renvoyait après la mort. Mais c'est à travers les mots qu'ils se sont rejoints. Ils comptent dans ce piège qu'elle amorce. Elle vient donc s'enfermer dans un cabinet de lecture, écrit à Steve de petits billets ou de longues lettres, selon ce qu'elle veut raconter, les met sous enveloppe, les glisse dans la boîte rouge, puis va s'installer au bar. Le barman, qui la connaît, lui apporte son jus d'orange, auquel il ajoute un doigt de vodka. Il est norvégien et bavard. La chaîne d'hôtels qui l'emploie lui permet d'aller d'un pays à l'autre. Il espère une place à Londres, une ville qui le fait rêver. Elle lui dit ce qu'elle en sait, et c'est bien de s'en souvenir simplement, en buvant de petites gorgées, sans souffrir.

Un soir, en sortant de l'hôtel, elle voit qu'on dresse sur la place de longues galeries mobiles et des éventaires.

— C'est le marché des antiquaires, lui explique le groom. Deux fois par semaine, à partir du printemps. Mais, ajoute-t-il avec une petite grimace, en France vous diriez : bric-à-brac.

Elle y vient par curiosité. Elle ne cherche pas de meubles, mais avec les murs blancs, les rideaux, ce qui pointe dans le jardin, la maison s'anime et s'égaie, repoussant de plus en plus loin ce qu'elle appelait : son tunnel de tristesse. «Il faudrait un objet ou deux, se dit-elle, pour occuper l'espace.» Elle trouve sans chercher longtemps. Une malle en cuir, d'un rouge superbe, qu'elle aperçoit de loin. Elle s'en approche. Tout est souple et frais, les courroies, les boucles de cuivre, quelques étiquettes fanées, et l'odeur, lorsqu'elle soulève le couvercle, non seulement la fumée des trains, mais les bâtiments long-courriers, les traversées, la mer. Elle achète sans marchander. On la lui livre le lendemain soir. Elle la pose devant la fenêtre qui donne sur la rue, bien en évidence, pour qu'il comprenne que son voyage est achevé. Elle y dépose les lettres qu'elle lui a écrites et les robes neuves qu'elle s'est achetées, avec les chaussures, les chapeaux, les gants. Elle boucle les courroies.

— Pour juillet.

23

Commence une attente immobile, comme si elle portait un enfant. Elle évite ce qui peut blesser. Lorsqu'elle descend son escalier, elle tient la rampe à deux mains. Elle s'assied parfois près de la malle rouge pour observer la rue, le plus souvent dans la véranda, presque allongée entre les bras de son fauteuil, pour retrouver la hauteur de regard que Clarence lui a enseignée. Dehors le temps varie, avec de la pluie, des jours sombres, des bouffées de vent venues de la mer, mais la chaleur s'impose. Elle la sent, d'un matin à l'autre, en ouvrant ses persiennes. Certains jours, elle pourrait la toucher. L'air imprègne la terre et l'assoiffe. Elle en est elle-même assoiffée. C'est avec soulagement qu'elle ouvre à Clarence, lorsqu'il vient arroser.

Elle n'accepte que lui, pour de brèves visites. Il dépose des mots autour d'elle, comme autant de petits cadeaux qu'il sortirait de ses poches : *ancolies, phlox, renoncules, delphiniums, héméro-*

calles — les noms de ce qu'il a planté, mais elle les oublie aussitôt. Elle ne veut retenir que des formes, ce qui rampe, ce qui se dresse, ce qui se tord, ce qui éclate, un jeu de plans et de couleurs que modifie la perspective selon la place de son fauteuil. Un jour elle voit Clarence déchirer de petits sachets, vider les graines dans sa main et les jeter à la volée. Elle se met à rire.

— Que semez-vous avec ce geste auguste ?

— Tout bêtement des coquelicots. Même si les oiseaux vous en picorent les trois quarts, il restera de quoi vous faire un petit Giverny.

Elle rit de nouveau, étonnée qu'il sache tout, sans qu'elle dise rien. C'est par un tableau en effet qu'elle désire attirer Steve. Elle le voit se construire et s'équilibrer, tache après tache, ligne après ligne, entre les montants de la véranda. Le rosier qu'elle avait ignoré au début, réveillé par les soins de Clarence, cherche à atteindre le balcon. Autour de la cabane, la vigne jaillit de tous ses rameaux et s'accroche aux arbres de la clôture pour former un rideau opaque, qui la protège des voisins. Souvent, le soir, elle se hisse jusqu'au second étage, observe à travers les hublots. Tout semble écrasé de cette hauteur, les autres jardins creusent des trous noirs. Le sien flambe malgré la nuit. Elle l'entend craquer comme un feu.

Elle a pris à l'hôtel quelques feuilles de papier à lettres. Elle écrit, appuyée contre ses genoux.

113

Dear Steve, quand je m'enfermais au Panorama derrière mon œil-de-bœuf, je n'imaginais pas que c'était possible. Nous irons ensemble. Je te montrerai le point bleu sur la maison du poissonnier. Comme j'ai été coupable. J'avais peur de notre avenir. Je préférais m'isoler dans le temps, m'inventer une vie d'avant nous. Quand je dis : coupable, c'est plus grave. Je nous trahissais volontairement en refusant d'aller plus loin. Que de sottises j'ai pu faire. Dès le premier soir, j'ai cru m'inventer des habitudes en tâtonnant vers les boutons de porte. J'étais simplement ridicule avec mon bandeau sur les yeux. Comme si je voulais m'accueillir tendrement moi-même, me laisser croire à l'amitié des murs. Rassure-toi. La maison m'est aussi étrangère que celles de nos étés précédents. Après plusieurs mois je ne sais toujours pas où se trouve l'interrupteur de la salle de bains, ni dans quel sens il faut tourner le bouton de la cuisinière pour faire venir le gaz. Tout reste à apprivoiser. Nous le ferons ensemble. L'important, c'est d'avoir envie de le faire. Je pose parfois mon poignet contre mon oreille. Ce n'est pas pour écouter ma montre : je n'en ai plus. Pour être sûre que mon sang bat. J'ai trop de cheveux, figure-toi. Ils poussent avec une ardeur incroyable. Je vais me les couper moi-même.

Elle ne reconnaît plus son corps. Il change d'un jour à l'autre. Elle croit qu'elle a perdu ses seins, qu'elle redevient la petite Marie de Vincennes, anxieuse, craintive, qui interrogeait ses camarades de classe pour savoir ce qui pousse, où et quand, et dans quelle urgence, à travers quelles douleurs possibles, quelles hontes, qui sait? — sans oser en parler à sa mère. Elle ne s'attarde jamais dans son bain, car certaines impulsions la gênent. Elle l'avoue à Steve :

Il me manque. Oui, mon corps me manque. Je veux dire : celui que tu m'inventais. J'en ai un, très vieux, qui me reste. Je le croyais fripé, incapable d'aucun désordre. Et je sens qu'il bouge d'instinct. Tu vas venir. Tu vas m'apprendre à le dresser. Oh! Steve, il y a si longtemps que tu n'as pas prononcé mon nom.

Elle pose une main sur sa bouche, murmure entre ses doigts :
— Marie...
Elle reprend sa lettre.

Je me souviens d'un piano solitaire, au cours d'un concert entendu à l'hôtel, un piano qui se dirigeait calmement vers le lieu de rencontre où l'attendait l'orchestre, et à l'instant où ils se sont rejoints il y a eu comme un miracle, un soupir de plaisir de tous les instruments, et la voix de la flûte a repris le chant du piano. Voilà ce que j'espère. Que ce long chemin que tu fais vers moi s'achève sur cet air de flûte.

Comme en écho, le téléphone.

— Tita?

Alain, son frère.

— Pardonne-moi, Tita. Mais quelqu'un te cherche.

Elle sent de l'irritation dans sa voix, presque de la panique. Elle demande, très doucement :

— Quelqu'un?

— Une femme. Qui dit s'appeler : Ivy Nasher.

— Ivy Nasher?

Un silence, qu'Alain rompt le premier.

— Tu connais?

— C'est la fille de Steve.

Elle a l'impression qu'il respire mieux.

— C'est ce qu'elle prétend, mais je voulais en être sûr.

— Pourquoi?

— Parce qu'elle me harcèle. Elle a commencé par Agnès, qui l'a vue arriver quai de la Tournelle. Rassure-toi, elle a joué les locataires ingénues et me l'a renvoyée, sans dire que tu étais sa tante. Elle est là, Tita.

— À Colmar?

— Elle veut absolument te voir. J'ai été très prudent. J'ai dit que tu étais sans téléphone, très difficile à joindre. Mais elle devient agressive. Elle s'est installée à l'hôtel et sonne chez nous tous les jours. Tita? Tu m'entends? Qu'est-ce que je fais de cette Ivy?

116

— Sais-tu ce qu'elle me veut?

— Te remettre des documents. J'ai proposé qu'elle me les laisse. Mais non. À toi seule. En main propre.

— Laisse-moi réfléchir. Je te rappelle dans un moment.

Elle raccroche, prise de panique à son tour. Ivy? Pourquoi Ivy, surgissant brusquement de cette autre vie interdite, où elle n'a jamais pénétré? Dont elle ne connaît rien, pas même l'écriture, car la lettre annonçant la mort de son père était tapée à la machine, pour bien préciser les distances. Mais qui a fait tout ce voyage, qui est là, qui menace. Comment l'éviter? Elle descend dans le jardin. Elle a besoin d'entendre les insectes, de se pencher sur les fourmis, de toucher les épines du rosier pour se convaincre de dire : pas ici. Elle le répète à voix haute.

— Pas ici.

Elle espérait ne plus bouger jusqu'en juillet, mais le danger est là, qui l'oblige à se battre. Réserver une chambre d'hôtel? Elle y pense un instant. Mais non. Pas même à l'hôtel. Ivy ne franchira pas ses frontières. Elle rappelle son frère.

— Alain, tu lui dis que j'arrive. À Colmar, oui. Le plus vite possible. Je ne connais pas les horaires de train ou d'avion, mais j'arrive.

24

C'est un quartier de ponts et d'eau qu'on appelle : la petite Venise. Elles sont assises, l'une en face de l'autre, à la terrasse d'un café qui surplombe une rivière étroite où passent des barques. Ivy est en blanc — une longue robe, un long manteau, une longue écharpe dont elle se coiffe. Elle a un beau petit visage où rien de son père n'apparaît, sinon dans le regard, d'une fixité surprenante lorsqu'il examinait les détails d'un tableau. Marie accepte ce regard. Elle est assise un peu lointaine, appuyée au dossier de sa chaise, le visage dans la lumière, ni gênée, ni émue. Elle a simplement remarqué qu'Ivy avait deux enveloppes dans un sac posé à côté d'elle. Les documents, sans doute. Un garçon apporte le thé qu'elles ont commandé. Chacune remplit sa tasse. La journée pourrait s'écouler ainsi, en silence, au soleil, à regarder les barques. Mais Marie pense à sa maison vide. Elle a hâte d'y retourner. Elle finit par montrer le sac.

— Pour moi?

— Oui, dit Ivy.

Elle met le sac sur la table.

— Mais auparavant, je voudrais comprendre. Pourquoi ces interdits?

— Quels interdits?

— Ni adresse, ni téléphone. Votre frère m'a traitée comme si j'avais la peste.

Marie écoute, stupéfaite. C'est la voix de son père, un peu plus aiguë, un peu plus modulée, mais brutale, coupante quand il s'emportait. *As if I had the plague.* Comme elle a fait claquer ce mot!

— Je ne viens pas en ennemie, au contraire. Je viens en mendiante, les mains tendues.

Elle sourit brusquement, et son visage remonte vers les yeux, qui gardent leur intensité, mais bienveillante, presque amicale. Marie s'est aperçue que sous son écharpe elle avait des cheveux gris. Elle ignore son âge exact. Steve devait être très jeune à sa naissance. À quelques années près, elles pourraient être sœurs. Ce qui n'est pas une raison pour s'émouvoir. Elle répond doucement :

— Ça n'a rien à voir avec vous. C'est mon choix.

Et de nouveau, montrant le sac :

— Alors?

Ivy attend quelques secondes, semble sur le point de parler, puis sort du sac la première enveloppe.

119

— Vos lettres.

Elle pose l'enveloppe devant Marie.

— Elles étaient à New York, chez notre éditeur. J'ai tenu à ce qu'il vous les rende. Je dis *notre*, parce que je suis ayant droit désormais.

Pourquoi n'ont-ils pas tout brûlé comme moi ? se demande Marie. Elle prend l'enveloppe avec regret. Tant de phrases rouillées, illisibles, qui n'ont plus ni raison, ni écho. Viennent-elles de si loin, toutes les deux, pour tripoter de vieux papiers ?

— Et ça ? demande-t-elle en montrant la seconde enveloppe.

— Ah ! ça...

Ivy la sort du sac, l'ouvre avec précaution.

— Ça, dit-elle en baissant la voix, vous devez le connaître.

Un épais classeur vert foncé, fermé par des agrafes métalliques. Un classeur que Marie connaît, en effet. Steve l'emportait toujours dans ses bagages. Il y a un nom sur la tranche : Rembrandt. Ivy y pose les deux mains, presque tendrement.

— C'est très beau. Certainement ce que mon père a écrit de plus beau. Mais c'est inachevé. J'ai retrouvé toutes ses notes. Quelqu'un qui connaît sa pensée, ses recherches, ses méthodes de travail, peut y voir clair à travers elles et achever le livre. Ce quelqu'un ne peut être que vous. Nous le savons, l'éditeur et moi. D'ailleurs

120

mon père vous désigne lui-même. À plusieurs reprises, dans les marges, notamment à propos d'une citation de Proust, il a écrit et souligné deux fois : *ask Marie.*

Elle parle sans lever les yeux, penchée vers le classeur qu'elle tient toujours à deux mains, et Marie observe ces mains qui sont devenues blanches, aussi blanches que l'étoffe de sa robe, comme l'aveu d'une attente, d'une angoisse, peut-être aussi d'un profond respect pour son père, qui l'oblige à venir mendier. Marie attire doucement le classeur, défait les agrafes, sort les premières pages. Elle reconnaît l'écriture, la pointe trop large du feutre, revoit les gestes de la main lorsqu'il hésitait, les ratures, la façon dont il rejetait la tête en arrière avec de petites grimaces, ses lèvres qui cherchaient un mot. Elle remet les feuillets en place, referme le classeur, le rend à Ivy.

— Demandez à l'un de ses étudiants. Il avait un petit cercle d'élus autour de lui. Il m'en a parlé quelquefois.

Ivy lui touche la main.

— L'éditeur m'autorise à vous négocier un contrat.

Mais Marie poursuit sans l'entendre.

— Quant à la citation de Proust, je la connais par cœur. C'était le credo que nous récitions avant d'entrer dans un musée.

Une barque passe près d'elle, en frôlant la

rive. Elle se penche, comme si elle parlait au batelier.

— Les musées sont des maisons qui abritent seulement des pensées. Ceux qui sont le moins capables de pénétrer ces pensées savent que ce sont des pensées qu'ils regardent, dans ces tableaux placés les uns après les autres, que ces tableaux sont précieux, et que la toile, les couleurs qui s'y sont séchées, et le bois doré lui-même qui l'encadre ne le sont pas.

Ivy se penche.

— Je vous répète que je suis autorisée...

— ... à négocier un contrat. J'ai entendu. Ce n'est pas ça qui compte.

— Quoi d'autre ?

— Achever le livre à sa place, c'est savoir qu'il est mort.

— Et alors ?

— Alors je n'y crois pas. C'est tout.

Elle s'attendait à ce qui traverse le regard d'Ivy, cet éclair d'incrédulité, de malaise.

— Je me suis trompée d'ennemi. Au début, j'ai cru que c'était la mémoire. Mais non. Finalement, la mémoire est bienfaisante. Elle vous tient charitablement compagnie. La mort, le plus jamais, la certitude qu'il ne reviendra plus jamais ? Ça non, je refuse.

Elle montre le dos de ses mains.

— Vous voyez ces petites taches marron ? Ce qu'on appelle des taches de vieillesse. Votre

122

père en avait beaucoup. Chez moi ça commence. Je vieillis pour lui.

Ivy déplace sa chaise, se redresse. Elle commence à parler lentement, d'une voix précise, en détachant les mots.

— L'accident a eu lieu à trois heures vingt exactement. À la sortie de Greenville. Un poids lourd a perdu le contrôle de sa direction. Les deux véhicules se sont encastrés si étroitement l'un dans l'autre qu'il a fallu des chalumeaux pour dégager le corps. J'ai vu le corps à l'hôpital. On m'a fait venir pour l'identifier. Il avait la colonne vertébrale brisée, mais le visage intact. Je l'ai vu. Je l'ai identifié. Je me suis occupée des obsèques. J'ai voulu un cercueil avec une ouverture vitrée, pour qu'on voie son visage. J'ai vu mettre le corps dans le cercueil. J'ai vu le visage à travers la vitre. Au crématorium, je suis restée penchée sur ce visage jusqu'à la fin. Jusqu'au moment où la trappe s'est ouverte. C'était son visage. C'était lui. Je l'ai vu.

Après un long silence, elle répète :

— Je l'ai vu.

— Moi, dit Marie très doucement, je l'ai vu en septembre dernier à l'aéroport d'Heathrow. Il m'a dit : «Dans un an, le 1er juillet.» Il a toujours tenu parole. Je l'attends le 1er juillet. Nous aurons un grand mois devant nous, à Amsterdam et à La Haye, pour qu'il achève lui-même son livre sur Rembrandt et jette un coup d'œil à Vermeer, qui sera peut-être son prochain livre. Et nous avons des projets pour la suite. Vienne, l'an prochain. Moscou et Saint-Pétersbourg dans deux ans. Puis la Suisse, pour Winterthur, qui a paraît-il un petit musée magnifique, et Martigny, selon le calendrier des expositions. Après, nous hésitons entre Venise, où nous sommes restés trop peu de temps la première année, et le Louvre, qui peut occuper tout un mois. Ça vous fait rire? Vous ne voulez pas le montrer, mais je vois que ça vous fait rire. Vous vous dites : elle se trompe d'opéra. Elle se chante *Eurydice aux Enfers*. Ça me fait rire, moi aussi. Mais c'est le seul défi possible. Sinon quoi? Le chagrin, le chagrin, le chagrin...

Ivy se redresse, serre son écharpe autour du cou. Elle est blême.

— Il me manque terriblement à moi aussi. C'était mon père.

— Justement. C'était votre père. Moi, c'est mon amant.

Il y a un moment d'immobilité absolue, de silence absolu. Les rues, les maisons, la rivière, tout est vide. Il ne reste que ce classeur sur la table, qu'Ivy se décide à reprendre, d'un geste si violent qu'elle renverse sa tasse. Elle enfouit le classeur dans son sac, se lève, s'en va très vite, sans un mot. Marie la regarde partir, ce long deuil blanc qui voudrait courir mais qui boite, qui heurte un trottoir, se raccroche à l'épaule d'un passant, finit par disparaître. Restent ces lettres. Les déchirer en tout petits morceaux et les jeter dans la rivière, pour qu'elles s'en aillent au fil de l'eau ? Un peu trop voulu comme détachement symbolique. Elles iront dans la malle rouge.

Le chardonneret

25

Le temps ralentit brusquement. C'est le mois des jours les plus longs. Le matin se lève très tôt. Le soir n'en finit plus. Elle attend la nuit, impatiente d'être au lendemain, mais la redoute en même temps, parce qu'elle commence à rêver. Plus exactement à se souvenir d'un rêve qui revient plusieurs nuits de suite. Elle est encore petite et donne la main à sa mère. Elles courent sous la pluie à travers une trouée d'arbres, vers une maison dont on n'aperçoit que le toit. Au moment où elles y parviennent, sa mère lui lâche brutalement la main, entre dans la maison, claque la porte avec tant de violence que le bruit la réveille en sursaut.

— C'est toi ?

Pour combattre ce rêve, elle s'oblige à dormir dans la journée, par fractions de deux ou trois heures. Elle renonce même à sa chambre. Après beaucoup d'efforts, elle parvient à faire basculer son matelas sur la rampe de l'escalier et le traîne jusqu'à la véranda, pour être veillée par le paon. La nuit, elle monte au second étage. De là-haut, elle prend la mer. Les jetées du port basculent et s'éloignent. Les mouettes cognent du bec contre les hublots. Au petit jour, ivre de fatigue, elle descend préparer du café qu'elle boit dans le jardin.

Clarence ne vient plus. Comme toujours avec lui, l'accord s'est fait sans un mot. Il lui a appris à se servir d'un sécateur, à reconnaître les mauvaises herbes, à détacher les fleurs fanées. Il a simplement dit, en partant :

— On se revoit en septembre, pour la défleuraison.

Son grand plaisir est d'arroser. Dès que la chaleur est tombée, elle déroule le tuyau d'arrosage, invente de petites pluies, qu'elle varie à l'infini. Elle aime leur bruit sur les feuilles, écoute la terre qui les boit. La fraîcheur s'installe, dans une odeur un peu acide. Les derniers oiseaux disparaissent avec la lune qui se lève. Elle trace des traits au crayon sur la porte de la cuisine. Combien de jours encore? Elle les compte les yeux fermés.

La dernière semaine, elle est prise d'une frénésie de nettoyage. Elle veut que tout brille, que tout reflète la lumière. Grâce à l'intervention de sa voisine elle obtient que Pieter, le laveur de carreaux, ne se contente pas des vitres extérieures. Il s'attaque à la véranda et lorsqu'il s'en va, ce soir-là, on ne voit plus que les montants

vert sombre. Les carreaux sont tellement trans-
parents qu'elle pourrait passer la main à travers
et toucher les feuilles du rosier. Elle en est si
contente qu'elle achète un seau, des éponges,
une serpillière. À son tour elle s'attaque aux
murs, à la moquette, au pavement de la cuisine,
à la rampe de l'escalier. Elle se sent un peu hon-
teuse de s'être décidée si tard. Elle se souvient
du visage de son frère, de sa phrase si lucide et
si tendre : « Il aimerait te voir ainsi, tu crois ? »
Oui, maintenant, il aimera.

Le dernier jour elle cherche un signe maté-
riel de sa présence, une preuve la plus quoti-
dienne possible dans la salle de bains. Elle
achète un rasoir, un paquet de lames, un tube
de crème à raser. Elle les pose bien en évidence
sur la tablette du lavabo.

— Demain, dit-elle en se regardant dans la
glace.

Elle a brusquement les mains vides. Comment combler les dernières heures ? Elle tourne
longtemps sur elle-même, attentive au plus
petit bruit, un pas dans la rue, une voiture qui
se gare. Toutes les fenêtres sont ouvertes. Il fait
à la fois très lourd et très froid. Elle finit par se
réfugier dans sa grotte, s'adosse au mur, écoute
dormir Frederick. C'est ce calme-là qu'elle voudrait atteindre. Il pousse le temps devant lui
sans savoir. Demain, au réveil, il retrouvera sa
mémoire intacte.

26

Elle est prête de très bonne heure. Avant de sortir sa poubelle verte, comme tous les jeudis, elle inspecte une dernière fois le jardin, dégage le pied de la vigne, redresse les tuteurs, arrache quelques herbes, sacrifie quatre roses qui ont fané pendant la nuit. Puis elle va acheter des journaux. Elle en aura besoin pour attendre. Il fait si beau qu'elle se croit exaucée. Elle regarde le soleil en face.

— Attention, dit-elle à mi-voix. Tu ne joues pas au chien Abstrait.

À cinq ans, son frère s'était inventé un chien qu'il tenait en laisse, et qui l'accompagnait partout, même en classe. Lorsqu'il venait s'asseoir à table, il attachait soigneusement la laisse imaginaire au montant de sa chaise, tendait le doigt, disait : «Couché!», et glissait de temps en temps un morceau de pain sous la table pour le nourrir. Il voulait lui donner un nom qu'aucun autre chien n'avait porté.

— Appelle-le Abstrait, avait suggéré leur mère. Il sera le seul.

Le chien Abstrait avait vécu deux mois, puis il avait dû s'enfuir une nuit par la fenêtre, car son frère s'était réveillé sans tenir sa laisse et n'en avait plus jamais parlé.

Elle pourrait, de la même façon, en souvenir des années précédentes, entendre une portière de taxi, un bruit d'ascenseur, la sonnette. Elle pourrait se lever, longer le couloir, ouvrir la porte. Aller plus loin encore : le débarrasser d'une valise imaginaire, lui montrer le porte-manteau où suspendre sa veste imaginaire — autant de simulacres qu'elle accomplirait jusqu'au bout, avec le sérieux d'une enfant. Mais jusqu'au bout de quoi? Elle n'attend pas qu'un fantôme traverse ses murs. Elle attend que quelqu'un retrouve vie en elle, quelqu'un qu'elle nourrisse et soutienne à chaque détour de sa pensée. Elle attend de sentir ce qu'ils auraient pu partager, dans ce jardin qu'elle a créé pour lui, l'échange de leur complicité fidèle, qui se retrouve et s'amplifie, effaçant l'abject chagrin qu'elle refuse, sa blessure à vif, son effroi, et repoussant le plus longtemps possible cette affirmation d'Ivy : «Je l'ai vu.» Elle répète, comme un défi :

— Il m'a toujours tenu parole.

Rien n'empêche, par contre, de l'aider à trouver sa route, en allumant de petits feux de position, des images, des instants, des odeurs — le pneu crevé à Sienne, la femme qui pleurait à Nauplie en regardant la mer, le chèvrefeuille de San Placido — qui appartenaient à leurs vies confondues. Elle les dispose autour d'elle. Puis, pour tromper l'attente, elle feuillette les journaux, mais la façon dont elle vit depuis le début du mois provoque en elle de brusques torpeurs, dont elle s'éveille un peu hagarde en croyant que quelqu'un lui touche la main.

Vers le soir, quand la tension devient trop forte, elle joue à mettre un couvert — l'offrande la plus humble, le sel et le pain de la bienvenue. Elle pose deux assiettes et deux verres sur la table, deux serviettes en papier d'un rouge écarlate qui la fait sourire. Elle va cueillir une rose, qu'elle place au milieu dans un vase.

— C'est à peine un dîner, dit-elle. Juste une salade et des fromages qu'on trouve ici. J'ai pensé qu'avec cette chaleur...

Elle s'autorise à parler tout haut en attendant l'heure d'arroser le jardin. Elle s'y prépare à l'avance, sort le tuyau de la cabane, le branche au robinet de son évier. Elle délivre enfin la petite pluie, l'écoute s'adresser aux plantes, et ça n'a rien d'un simulacre, c'est une vraie voix assourdie. Elle la prolonge avec un peu d'angoisse. Puis elle débouche une bouteille de vin, remplit les deux verres, lève le sien :

— À nous.

Elle coupe un morceau de fromage, va le manger sur le perron. La terre n'a pas fini de boire. L'odeur s'en dégage et l'entête. Pendant un instant d'immobilité, elle croit entendre un léger bruit contre une vitre, une porte qui s'ouvre et se ferme. Elle vide son verre.

— J'y suis enfin.

Plus tard, lorsqu'elle consent à se coucher, elle parcourt son corps d'une main distraite, l'éveille par endroits, découvre ses seins de nouveau, s'y attarde avec un début de plaisir, et se libérant d'elle-même, cherche plus loin et davantage, dans une impudeur retrouvée.

27

Quand elle ouvre à Yann, le lendemain, il lui tend en riant un sac de biscuits. Elle le regarde sans comprendre, mais la voisine vient à son aide.

— C'est un cadeau pour le pardon.

Elle montre qu'il lui a offert le même sac.

— Parce qu'il nous abandonne. Il prend la vacance jusqu'au bout du mois.

Vacance — un mot qui n'était que pour elle. De quel droit l'accorder à d'autres ? Elle remercie pour les biscuits, achète ses fruits et ses légumes. Lorsqu'elle revient, sa voisine est toujours sur le pas de sa porte.

— Je voulais vous dire. Nous aussi, ce soir, on prend la vacance. Là-haut, chez ma sœur, à Bergen. Pour Frederick, c'est bon les petits cousins. Il s'amuse. Alors, il faut pas que vous vous inquiétez si la maison est vide.

Elle se rend compte, en effet, qu'elle n'a pas entendu les enfants, ce matin-là. Les fenêtres vont se fermer, une à une, les rues devenir silencieuses.

— Et vous? demande la voisine. La France?

— Non, non, pas la France. Mes vacances à moi, c'est ici.

Elle est sur le point d'ajouter : «Vous ne l'avez pas entendu arriver, hier soir?», comme s'il fallait que quelqu'un sache et puisse dire : elle n'est plus seule. Elle rentre chez elle, mord dans un biscuit, lui trouve un goût de poussière. Elle en fait de petits débris, qu'elle jette aux oiseaux du jardin.

— Dites merci à Yann.

Sans voisins, sans témoins, sans autre bruit que leurs longues conversations jusqu'à l'aube. Une ville entière pour eux seuls, dans la chaleur assoupie de l'été. Elle ouvre sa malle, sort ses robes neuves.

— Laquelle, pour aujourd'hui?

Elle craint de le déconcerter, se décide pour la plus neutre — une tenue d'assistante à prendre des notes. Les chaussures, elle préfère ne pas en changer. Elle a découvert dans son guide qu'il y avait trois dessins de Rembrandt, dans un musée, près de chez elle. Elle ira donc à pied, à travers bois, comme en promenade, une trêve du premier jour, pour qu'il se laisse apprivoiser.

Elle part tôt, malgré la chaleur, craignant de manquer les heures d'ouverture. Elle parle tout haut en marchant, les mots les plus simples : «Il fait beau... On est bien... C'est par là...», dans une sorte de fièvre impatiente, qui ressemble à ce qu'ils étaient.

Le musée est perdu dans les arbres — un bel hôtel particulier, qu'ignorent les autocars. Les dessins sont fragiles, ce qui impose de les garder sous verre, dans une pièce obscure. Elle trébuche en y pénétrant, s'approche des vitrines, n'aperçoit qu'un fouillis de lignes confuses. Elle pense : «C'est l'obscurité après tant de soleil.» Elle s'éloigne, parcourt les autres salles. Des tableaux, des objets, des meubles, qu'elle regarde à peine. Elle s'arrête près d'une fenêtre, attirée par les arbres, leur feuillage immobile d'une couleur déjà roussie. Elle s'oblige à fermer les yeux. «C'est trop tôt, trop vite, se dit-elle. Ne cherche pas. Ne pense à rien.» Lorsqu'elle ouvre les yeux tout paraît calme de nouveau. Elle retourne vers les dessins. Cette fois, elle insiste. Elle les interroge. Elle essaie d'entendre ce qu'ils ont à lui dire, mais c'est toujours aussi confus, des traits, des points, des taches, noir ou sépia, encre ou lavis, plume ou pinceau, elle ne sait plus rien reconnaître. Elle a tout oublié, tout perdu de ce qu'il lui avait enseigné. Elle refuse de s'en aller. Elle attend que la voix de Steve lui parle, que le doigt de Steve se tende et renoue pour elle, un à un, les fils de ce désordre, pour en faire surgir des figures. Elle finit par s'apercevoir que d'autres visiteurs l'entourent peu à peu et la gênent.

Elle rentre chez elle en taxi, enlève cette robe inutile, remet sa jupe de jardinière. Le couvert qu'elle a dressé la veille est toujours sur la table, avec les serviettes en papier d'un rouge écarlate. Elle voudrait sourire de nouveau.

— Ainsi, sans lui, je suis aveugle ?

Elle remplit un verre de vin, le boit d'un trait.

— Trois dessins, c'était une trop petite offrande pour le faire revenir d'où il est. Demain, nous irons voir les tableaux.

28

Elle s'assied au bord de la pièce d'eau sur le banc qu'elle connaît déjà, près des canards, de l'île au héron, du jet d'eau. On a hissé de grands drapeaux sur les mâts qui l'entourent, en l'honneur des touristes sans doute. Ils claquent quand le vent se lève. Elle observe le musée de loin. Il y a beaucoup d'autocars, une file d'attente devant l'entrée. Elle a envie d'aller s'y joindre, de se mêler à l'un des groupes et d'être prise en charge à travers un circuit minuté, où rien n'a libre cours, ni instinct, ni appréhension. Mais Steve lui en voudrait. Elle se souvient d'une de ses lettres à propos des autoportraits :

Je crois savoir qu'ils sont accrochés si proches l'un de l'autre qu'on peut les comparer sans fin, déchiffrer tache par tache, ride par ride, ce que le génie du jeune insolent a inscrit au visage du vieillard.

Il faut donc qu'il ait tout son temps.

— Attendons l'heure de la becquée, se dit-elle. On doit bien les nourrir, ces forçats levés aux aurores, qui arpentent la ville au sifflet.

Le claquement des drapeaux fait un bruit de fête. Il y a partout des taches de soleil. Elle entend les canards se goinfrer du pain que quelqu'un leur jette et se battre dans des gerbes d'eau. Elle se lève pour aller voir. Ça l'occupe un moment, distrait son angoisse. Elle se dit aussi qu'il fait un peu frais sous les arbres. Elle marche de long en large, malgré l'une des chaussures neuves dont la boucle serre un peu, s'inquiète de sa robe, la seconde, plus voyante, trop peut-être, toutes ces fleurs imprimées, cherche à entrevoir son reflet dans l'eau, et finit par se dire :

— Tant pis pour la file d'attente. Allons-y.

Elle se récite à mi-voix leur credo :

— Les musées sont des maisons qui abritent seulement des pensées.

Et elle se dirige vers l'entrée. Tout de suite elle est entraînée malgré elle, poussée contre un guichet, puis dans un escalier qu'elle monte presque en courant, et pénètre soudain dans une demeure princière, des plafonds dorés, des tentures, où celui qui l'accompagne devrait être isolé des autres et reçu avec affabilité, puisqu'il connaît mieux que personne l'un des maîtres des lieux. Elle trouve d'elle-même la salle des Rembrandt, s'arrête sur le seuil, et sa main tâtonne autour d'elle, cherche cette autre main qui l'a toujours guidée, soutenue, rassurée. Elle se sent mal à l'aise à l'entrée de cette chapelle où le jour se devine à peine, où une assemblée de fidèles se recueille en silence. Elle ne voit que des dos, des mouvements de têtes, et très loin, sur des murs indistincts, l'ombre de grands cadres où sont suspendues des pensées. Elle fuit. Elle parcourt d'autres salles au hasard, entend murmurer : «Vermeer» dans l'une d'elles, cherche à voir entre deux épaules : ah! oui, le turban, la perle, le petit pan de mur jaune... Elle fuit de nouveau, franchit plusieurs portes, effrayée de ne pas trouver la sortie, et soudain, sur un bord de fenêtre, un oiseau.

Elle s'arrête. Un tout petit oiseau, dans un tout petit cadre, au centre d'un panneau. Elle se penche, déchiffre le cartouche : *Le Chardonneret*. Là, oui, elle voit de nouveau. Elle entend. Quelques notes qui l'immobilisent, comme une annonce qui la concerne. Elle écoute longtemps, sans gêner personne. C'est un tableau hors des circuits. Mais elle en voudrait davantage. Elle voudrait s'en saisir, l'emporter. Elle redescend, cherche le comptoir des cartes postales, en trouve une reproduction, qu'elle achète, puis elle entre à la cafétéria, commande deux cafés, s'installe à l'écart. Elle pose les cafés devant elle, appuie la carte contre l'une des tasses.

— Que veut-il me dire, celui-là?

Elle écoute encore les petites notes.

— Et toi, tu les entends?

Elle parle à Steve, qu'elle imagine en face d'elle, pour qui elle a commandé le second café, et elle attend qu'il saisisse la tasse, la porte à ses lèvres.

— As-tu éprouvé la même chose? Après toutes ces dévotions rituelles, ces admirations obligées, la stupeur, cet éclair, comme s'il passait à travers la vitre pour se percher là, devant moi...

Elle observe l'oiseau de près. Qu'a-t-il de plus qu'un autre? Ni secret, ni mystère. Des ailes, un bec, un œil rond, aérien, c'est vrai, lumineux, un jeu de reflets sur ses plumes, tout ce qu'on voudra de charmant et de délicat, et quoi?

— Je ne sais même pas qui l'a peint.

Elle retourne la carte.

— Fabritius.

Steve connaît sans doute. Elle, non. Elle n'a pas de recherches à faire, de livre à écrire. Elle écoute l'oiseau, simplement, et finit par entendre ce qu'il cherche à lui dire, qui a mis longtemps à se formuler, et qu'elle voudrait ne pas entendre, mais qui se précise et s'impose. «Devant moi, pour la première fois, tu es seule.» Il a volé vers elle il y a tout juste un quart d'heure. Un instant de surprise, de plaisir, qui fait partie d'elle maintenant, mais d'elle seule. Elle peut encore demander à Steve : «Te souviens-tu de la petite danseuse de Degas et des alligators?», il lui répondra aussitôt. Mais si elle lui demande : «Te souviens-tu du chardonneret de La Haye?», elle peut toujours lui inventer une réponse, ce ne sera jamais la sienne. Elle est condamnée à parler, désormais, jusqu'à la fin de sa mémoire, à poser toutes les questions, à entendre toutes les réponses, sans plus jamais rien partager.

Elle boit le second café, sort du musée, se dirige vers la station de tramway la plus proche. Le bruit des rails, les images derrière les vitres lui rappellent une gare et un train, des banlieues et des rideaux d'arbres, des paysages qui surgissaient entre deux somnolences, puis un bruit de petite cuiller, le souffle assourdi d'un tunnel, et elle se dit :

— Nous avons vécu cinq mois de vacances. J'ai fait tout ce chemin pour lancer un défi à Steve et vivre avec lui le sixième, et en une seconde, à travers un tableau ignoré, j'ai perdu.

29

Amsterdam.

Elle s'y rend le lendemain pour un dernier pèlerinage. Elle renonce à sa troisième robe neuve, qu'elle avait choisie comme une robe de fête, toute blanche, avec des chaussures assorties. Ce serait porter le même deuil qu'Ivy. Elle se trompe de train, prend le premier qui passe, qui s'arrête à toutes les gares. Le voyage lui paraît long, mais c'est en même temps une mise à l'épreuve. Elle pourrait descendre à chaque arrêt. Si elle continue, c'est qu'elle espère encore.

Elle se fait conduire en taxi au Rijksmuseum. Elle entend qu'on parle français, se mêle au petit groupe et le suit sagement. Elle va d'une salle à l'autre, d'un chef-d'œuvre à l'autre, ne s'intéressant qu'aux détails, à ce morceau de *La Ronde de nuit* qu'on a coupé parce que la toile était trop grande pour le mur de l'hôtel de ville, mais qu'on a reconstitué grâce à une copie ancienne, et elle découvre, avec la même surprise que les autres, comment l'équilibre bascule quand la toile est entière. Elle apprend qu'un fou a donné de grands coups de hache dans une *Leçon d'anatomie*, et elle cherche à deviner la trace des points de suture. Elle va jusqu'au bout de sa patience de bonne élève, refuse de s'arrêter lorsqu'un jeu de trois mains la surprend — deux mains de femme, une main d'homme qui se réunissent en triangle sur une étoffe pourpre. Quelque chose cherche à la retenir, mais elle poursuit sa visite avec résignation.

Lorsqu'elle en ressort, épuisée, elle s'assied à la première terrasse de café qu'elle aperçoit, au bord d'un canal, commande une salade, un sandwich au fromage, une énorme glace à la crème, qu'on lui apporte décorée d'une petite ombrelle en papier. Elle a faim. Elle est contente d'avoir faim. Elle jette du pain aux mouettes, s'assourdit de leurs cris. La lumière est intense. Le soleil se reflète sur l'eau et l'aveugle. Elle voit des taches rouges, qui se décomposent en triangles lorsqu'elle ferme les yeux. De très loin, dans son dos, à travers les murs du musée, elle sait ce qui l'appelle.

Lorsqu'elle y retourne en début d'après-midi, certaines salles sont plus sombres. On a dû fermer des volets protecteurs. Elle retrouve le tableau sans peine, comme par un chemin fléché. Elle le regarde de loin. C'est un couple. La femme est debout, l'homme derrière elle. Il est

146

venu sans bruit, l'a prise dans ses bras. Elle devait l'attendre et s'est laissé faire. Il a tendu l'une de ses mains pour couvrir sa poitrine. Une main très longue et très belle, qui emprisonne, et qui caresse avec tant d'exigence que la femme a fini par lever l'une des siennes, pour retenir cette caresse, peut-être pour la préciser, et son autre main a glissé le long de sa robe, vers le secret de son ventre qu'elle désigne en le protégeant. Elle s'abandonne contre lui, et dans ce triangle de mains croisées les corps brûlent à travers l'étoffe.

Marie est assise à l'écart. Elle n'ose pas s'approcher du tableau. Les gens passent devant. Certains s'arrêtent, déchiffrent le cartouche. D'autres feuillettent un catalogue. Elle regarde longtemps, puis se tourne vers celui qui devrait être là, avec elle, et lui dit à voix basse :

— Où est la pensée du tableau? Moi, je ne vois que ma douleur.

30

Elle reste allongée plusieurs jours, avec un
drap sur la figure à cause de la lumière. Deux,
trois, quatre peut-être. Elle ne sait plus compter. Quelqu'un lui tient la tête lorsqu'elle veut
bouger, deux mains qui serrent les tempes. Une
voix répète : « Respire, respire, laisse-toi aller,
laisse aller. » Elle a des moments d'accalmie,
puis le feu reprend aux chevilles, remonte d'un
coup jusqu'aux yeux. Elle pleure, mais ça ne
dure pas. Ça retombe. Lorsqu'elle le sent
renaître, elle cherche à se débattre. Mais elle a
les mains et les pieds attachés. La voix répète :
« Laisse aller. » Sa mère, peut-être. Dans cet
hôpital, autrefois, après l'accident de voiture de
son frère, les tuyaux, le masque, la perfusion, et
elle était au bord du lit. Elle lui tenait la main.
Elle murmurait : « Laisse aller. » J'obéis, tu vois.
Je respire. Mais ça revient pourtant. Le drap
l'empêche de crier. Elle voudrait qu'on serre
davantage, qu'on l'étouffe, qu'elle ne puisse

plus respirer. Dans certains moments de reflux, elle se dit : «D'autres sauraient en finir. Pourquoi pas moi?» Elle recule sans cesse. La prochaine fois, si c'est trop. Il suffit de rien, d'une simple coupure aux poignets, aux chevilles. Les lames de rasoir sont dans la salle de bains.

Un jour, on lui libère la tête. Elle parvient à s'asseoir. Elle voit tout de suite le jardin entre les montants de la véranda, qui brûle sur pied, mort de soif. Elle crie, à travers les vitres : «Tout à l'heure. Ce soir. C'est promis.» D'ici là, lentement, en se tenant aux murs, elle va chercher quelque chose à manger dans la cuisine. Elle fait une toilette sommaire. Puis elle se recouche. Le visage brûle encore, les yeux pleurent encore, mais elle n'a plus besoin du drap. La lumière devient supportable. Ce qui remonte, c'est à l'intérieur de son ventre, une brusque nausée.

— Ça a mis longtemps, se dit-elle. Près d'un an. Il fallait que ça sorte. Laisse aller, c'est bien, laisse aller.

Plus tard, lorsqu'elle descend dans le jardin, lorsqu'elle touche la terre desséchée, elle a honte. Chaque tige est une vie qu'elle a désirée, qu'elle n'a pas le droit d'interrompre. Elle arrose, assise au milieu des plantes. Elle s'arrose elle-même. Elle boit, en fermant les yeux. Les voisins sont absents. Personne ne la regarde, et quand bien même? Cette nuit-là, parce qu'elle a un instant de frayeur en sentant que la crise menace, elle se hisse jusque dans sa grotte. Frederick est à Bergen. Elle le sait. Mais elle frappe contre le mur : «Tu m'entends ? Tu m'entends ? Où dors-tu ?» Des mots qui sont aussi pour Steve. Tu m'entends ? Où dors-tu ? Elle commence à lui parler. De petites phrases qui lui viennent au cours de la journée : «Tu es bien ?... Ça va ?... Qu'est-ce que tu regardes ?... Où est ton verre ?... As-tu faim ?» Peu à peu les choses reprennent leur place, les journées ressemblent à de vraies journées. Elle parle toujours, mais pour elle-même maintenant.

— Parle-toi. Tiens-toi compagnie. Sinon, tu retombes.

Un matin, sans réfléchir, elle veut lire l'heure à sa montre, touche son poignet vide.

— Tu l'as perdue ?

Elle se souvient brusquement, fouille son armoire et s'habille pour sortir. La tête tourne un peu. Mais l'horloger est à côté. Quelques gestes rapides et précis. Il remet une pile neuve, s'assure que le mouvement repart.

— Il repart, se dit-elle en sortant de la boutique.

Elle va jusqu'au supermarché, fait des provisions pour une semaine. Elle se traîne un peu en marchant. Elle a les jambes lourdes. Mais la tête ne bat plus. Cette nuit-là, elle appelle Agnès, quai de la Tournelle.

— Agnès ? Pardonne-moi de te réveiller. Il est tard, je sais, mais... Non, non, rassure-toi,

rien de grave. Juste un petit trou de mémoire.
Si tu étais gentille, tu irais jusqu'à la fenêtre. Tu
me dirais ce que tu vois. Oui, simplement ce
que tu vois. Notre-Dame, bien sûr. La pointe
de l'île. Des feuilles aux arbres ? Il fait encore
noir, tu ne vois pas bien. Des bateaux sur la
Seine ? C'est trop tôt, même pour les péniches.
Ah ! une vedette de la police ? Si tu ouvrais la
fenêtre, j'entendrais le moteur. Oui, voilà ! Tu
te penches. Tu me dis si tu vois toujours le quai
Saint-Bernard sur la droite, et toujours sur ta
gauche la tour du Palais de Justice. C'est bien.
Merci, Agnès. Pardonne-moi. Je raccroche.

C'est là l'important. Sa mémoire. Qu'aucun
moment ne soit perdu. Mais surtout, sans chercher à en vivre. Elle se souvient de certaines
images, de certains regards qui fouillent le vide
en mâchonnant leur vie imaginaire.

— Libère-moi comme je te libère, dit-elle en
enlevant le couvert qu'elle avait mis pour rien.

Elle déplie les serviettes en papier d'un rouge
écarlate, les pose sur le sol, va chercher une
paire de ciseaux et se coupe les cheveux. Sans
miroir, en touchant simplement d'une main.
Elle en avait trop, depuis trop longtemps. Ça
fait un tas gris cendre. En caressant sa nuque,
elle pense au coiffeur de la rue de Bièvre. Un
italien, avec un prénom de compositeur... Ah !
Giuseppe. C'est toujours là.

Le soir, elle décide de les brûler dans un coin
du jardin. Le feu prend mal et les consume à

l'étouffée. Pour l'aider à flamber, elle sort toutes les lettres de la malle rouge — celles qu'Ivy lui a rendues et celles qu'elle postait à l'hôtel. Elle hésite à ouvrir la première enveloppe, mais le feu décide pour elle, et s'en empare avidement, attisé par le vent qui se lève. Des bouquets d'étincelles éclatent dans les vitres. Une fenêtre s'ouvre. Une voix de femme crie quelque chose. Elle agite les bras.

— Rien ! Rien ! N'ayez pas peur !

Elle sort le tuyau d'arrosage, noie les cendres dans une boue grise.

— Puisqu'on en est là...

Elle va chercher dans la salle de bains le paquet de lames de rasoir, enfile ses bottes et se dirige vers la mer. Le temps tourne à l'orage, avec des sautes de vent imprévues. Elle arrive à la plage, s'engage sur l'une des jetées, qui avance loin vers le large. À l'extrémité clignote un feu vert. Elle l'a presque atteint, lorsqu'une ombre se dresse devant elle. Un pêcheur, engoncé dans une cagoule en plastique. Il sourit sous son masque et crie quelque chose. Elle sourit à son tour :

— Je ne comprends pas !

Il la regarde un court instant et retourne à ses cannes à pêche. Elle va lentement jusqu'à l'extrême pointe de la jetée, se penche par-dessus la rambarde. Elle devine un mouvement confus, un grondement des profondeurs, si secret dans l'obscurité qu'elle se penche davantage pour essayer de mieux l'entendre. Elle est aussitôt saisie aux épaules, rejetée en arrière et le pêcheur l'enveloppe dans une couverture en criant :

— *Vris ! Vris !* Le froid ! Le froid !

Elle tremble si fort, de froid en effet, de frayeur, de vertige, qu'il la tient serrée contre lui. Elle se laisse faire. Il la porte presque jusqu'à son pliant, l'y assied, sort d'un sac une petite bouteille de genièvre et la force à boire. Elle sursaute, la gorge en feu, courbée en deux par une quinte de toux, qui est aussi un rire et le pêcheur rit avec elle. Elle se dit : «Je vais attendre qu'il prenne quelque chose, savoir ce qu'il arrache aux profondeurs.» Mais il y a trop de vent. Elle finit par se lever, replie la couverture, ouvre la main avant de s'éloigner et jette le paquet de lames à la mer.

Le lendemain, en mettant de l'ordre, elle retrouve la carte du chardonneret. Elle effleure du doigt les plumes fragiles.

— Tu n'es pas la colombe de l'arche, mais tu annonçais la fin d'un déluge, toi aussi. Comment dit-on déjà ? Et les eaux se retirent, et la Terre apparaît... Rescapée, Marie, mais seule survivante.

Clarence ramasse une poignée de terre, l'effrite entre ses doigts.

— Vous avez un peu lésiné sur l'irrigation, dit-il en souriant. Je m'en doutais par la rouillure des feuilles. Mais c'est sans gravité. Tout va mourir dans quelques jours avec l'automne.

Il examine le rosier.

— Pour lui, c'est sur le sécateur que vous avez légèrement chipoté. C'est un remontant. En trois coups de ciseaux, il refleurit jusqu'à Noël.

Il continue son inspection, arrache quelques herbes, ausculte attentivement certains pieds.

— Je suis déçu par les lupins. Je les espérais plus fringants. Mais l'ensemble a bonne figure. Et ce n'est qu'une première année. Vous verrez, l'an prochain ça double de volume.

Elle est assise sur le perron. Elle le regarde en

plissant les yeux. Malgré ce qu'il annonce de l'automne, le soleil reste vif.

— Les nouveaux locataires, peut-être. Moi, je ne verrai rien.

— Pourquoi?

— J'ai perdu. Je rentre.

Il se redresse.

— Qu'est-ce que vous venez de me dire?

— Ce que vous avez entendu.

— Où rentrez-vous?

— Chez moi.

Il rougit brusquement, revient vers elle, se met à genoux, la regarde, et sans qu'il ait rien demandé, ce qu'elle voit dans son regard est tellement déroutant qu'elle explique, à voix basse :

— Pour reprendre une de vos phrases, mon petit Clarence... Vous permettez que je vous appelle : mon petit Clarence? Je suis une si vieille dame. Oui, pour reprendre une de vos phrases, les morts ne sont pas de beaux gibiers. On ne les prend pas au piège. Ils reviennent s'ils veulent, quand ils veulent. J'ai été vaniteuse. J'ai voulu imposer ma loi. Autant faire tourner les tables. Esprit, es-tu là? Si tu es là, frappe un coup. Personne n'a frappé. La vérité, c'est qu'ils sont là, en nous, si on les a aimés. Et que leur mort n'y change rien.

Elle s'efforce de sourire.

— Si vous étiez gentil, mon petit Clarence, vous m'offririez une tasse de fumée.

Il sort de sa poche un paquet de cigarettes, le lui tend.

— Il faut que je m'y mette, pour que ça ne dure plus trop longtemps.

Il lui tend son briquet. Elle allume sa cigarette un peu maladroitement. Il en allume une à son tour. Puis il s'assied sur ses talons. Ils fument un instant en silence, avec presque les mêmes gestes, comme s'ils respiraient ensemble.

— C'est fini pour moi, dit-elle. Je ne suis ni amère, ni désespérée. Je suis vieille. C'est différent. Je me range.

— Vous voulez dire...

Il hésite.

— ... comme votre tante centenaire, sur une étagère, avec d'autres?

— Non, non. Je n'en suis pas encore là.

Elle rit.

— J'ai gardé un appartement à Paris. Je pourrais le reprendre. Mais les murs me repousseraient. Je préfère vivre à l'hôtel. C'est bien, l'hôtel. C'est anonyme et chaleureux. On vous monte votre petit déjeuner dans la chambre. On change vos serviettes et vos draps. Le standard prend vos messages. L'un de mes vieux amis, plus exactement un vieil ami de mon mari, en tient un sur le quai Voltaire. Je lui ai écrit. Il me loue une chambre à l'année. J'aurai le Louvre dans mes vitres, et juste un pont à traverser pour être aux Tuileries. Un très beau jardin depuis qu'ils l'ont redessiné, avec de grands marronniers, des statues, des bassins où les enfants font nager des bateaux. On tire une chaise au soleil. On attend. Mais ça n'aura jamais la tendresse de celui que vous m'avez fait.

Elle regarde sa cigarette sur le point de s'éteindre, le petit fragment de cendres qu'elle laisse tomber dans le creux de sa main.

— C'est bien, ce qu'on fait là. On s'invente un instant de répit, qu'on partage.

Elle s'agite un peu, regarde autour d'elle.

— Je n'ai même pas de cendrier.

Clarence se lève, va chercher la poubelle verte.

— Voilà de quoi fumer pendant de longues années.

Il voudrait lui dire autre chose, répondre à ce qu'il entend de fragile dans sa voix, mais il n'est pas sûr de lui-même, et ce signal de départ ressemble tant à ce qu'il disait de l'automne, tout va mourir dans quelques jours, qu'il n'ose plus parler. Elle se frotte les mains doucement pour effacer la cendre.

— La Bastille, dit-elle. Ça vous dit quelque chose, la Bastille ?

— Une place ?

— Aujourd'hui une place. Autrefois une prison. Je vais vous raconter une histoire. J'aime la façon dont vous les écoutez. C'est un vieil homme. Il est resté prisonnier quarante ans. Un jour, on le libère. Il voudrait rentrer chez lui,

157

mais il ne trouve rien, ni maison, ni femme, ni enfants, ni amis. Personne ne peut lui dire ce qu'ils sont devenus. Alors il retourne voir le gouverneur de la Bastille. Il le supplie de le reprendre. « Ce n'est pas mourir qui fait peur, dit-il. C'est mourir le dernier. »

Elle se lève brusquement, touche l'épaule de Clarence.

— Allons, petit Clarence. Occupons-nous de tout ça maintenant. Tout ce que je vous ai demandé de planter et qui va doubler de volume, si j'ai bien entendu.

Il se lève à son tour, va chercher dans la cabane les outils dont il a besoin. Elle les prend pour l'accompagner. Il coupe, il taille, il arrache, avec une sorte de rage silencieuse qu'elle essaie d'égayer.

— Cet été, combien de petites Françaises ?

Il consent à sourire.

— Une. Qui était déjà là l'an dernier.

— De quels mots a-t-elle enrichi votre vocabulaire ?

— Un seul.

— Lequel ?

— Incruster.

— Fait-elle de la dentelle ? De la marqueterie ?

— Non. Elle parle d'elle-même. Elle dit : « Je suis bien chez toi. Je m'incruste. »

— Que répondez-vous ?

Il sourit toujours, sans plaisir. Il cherche son regard.

— Votre avis?

— Oh! petit Clarence, méfie-toi. Si tu sens que deux montagnes sont en train de se déplacer, j'ai envie de te dire : fais comme si tu ne voyais rien. C'est un tel chambardement lorsqu'elles regagnent leur place.

Elle s'en veut de parler ainsi, comme si quelque chose de blessant sortait d'elle. Elle pose les outils, regagne la maison, s'assied dans la véranda et le regarde travailler de loin. Une dernière image, dans une lumière hésitante. Les jours ont raccourci. Elle le sent dans son corps. Une fatigue sournoise, qui précède toujours les déménagements. Aussi peu qu'elle emporte, elle doit faire ses malles.

— La fin des vacances, dit-elle.

C'est à Steve qu'elle parle, pour la dernière fois peut-être. Elle revoit cinq années de voyages, de jours qu'elle comptait un à un pendant un mois trop bref, jusqu'au déchirement des séparations. Et, une fois encore, elle pense à sa mère. Certains soirs de septembre, juste avant la rentrée des classes, s'il faisait assez doux pour s'asseoir dans l'herbe...

Elle ouvre les yeux brusquement. Clarence est debout comme une ombre entre les montants de la véranda.

— Alors? demande-t-il, indécis, les mains vides.

— Alors elle faisait cuire des œufs, préparait des sandwichs, achetait en passant du raisin et des mandarines, et nous emmenait pique-niquer au bois de Vincennes.

Elle rit.

— Dites-vous que je radote, que je suis déjà rangée sur mon étagère, mais ça m'aide à vous dire adieu. On s'installait sous les arbres. Elle nous donnait des serviettes en papier, toujours rouges, celles que je préfère. On dévorait, mon frère et moi, pour être délivrés plus vite. Il fallait pourtant ramasser les papiers, les noyaux, les débris de coquille, en remplir un petit sac qu'on allait déposer dans une corbeille métallique. Et ma mère nous lâchait les rênes. On partait comme des chiens fous. On sautait. On hurlait. On faisait le tour du lac Daumesnil au galop. C'était un océan pour nous. On le traversait. On entrait dans des forêts vierges qu'on explorait, libres comme jamais, sans plus aucun lien, sans attaches, avec l'assurance qu'on était perdus, qu'on ne pourrait plus revenir. Et soudain la voix s'élevait. On se retournait. Ma mère était debout sur le petit ponton du lac. Elle regardait le ciel, puis sa montre, et elle agitait son écharpe. «Les enfants... les enfants...» Elle ne criait pas. C'était inutile. On l'entendait toujours, où qu'on soit. «Il est temps de rentrer, les enfants. »

DU MÊME AUTEUR

Aux Éditions Calmann-Lévy

LA MAISON DÉSERTE
DES PERSIENNES VERT PERROQUET

Au Mercure de France

JEANNE DE LUYNES, COMTESSE DE VERUE (Folio
n° 2453)
LA BLEUE

Chez d'autres éditeurs

LES AMOURS BRÈVES, Livre de poche
RETOUR À NAYACK, Complexe
QUI ÊTES-VOUS, CARSON MCCULLERS?, La
Manufacture
PROMENADES CAFÉ, Belfond

COLLECTION FOLIO

Dernières parutions

Composition Jouve.
Impression Société Nouvelle Firmin-Didot
à Mesnil-sur-l'Estrée, le 22 février 1999.
Dépôt légal : février 1999.
Numéro d'imprimeur : 45849.

ISBN 2-07-040581-8/Imprimé en France.